LOBO

The King of Currumpaw

LOBO
The King of Currumpaw

LOBO
The King of Currumpaw

「動物文學之父」西頓不朽經典

狼王羅伯

Ernest Thompson Seton厄尼斯特・湯普森・西頓——著　聞翊均——譯

推薦序

在西頓的動物文學中，看見動物的權益與價值

文／林怡辰（彰化原斗國小教師）

「老師，你可以幫我帶我抽屜那本書嗎？」當我去探望因骨折住院的孩子，說到要幫他帶上幾本書時，沒想到，他竟然還指定特定的書。我好好奇，到底是哪本書，可以吸引好動、停不下來的孩子，還讓他念念不忘，連住院都希望多翻幾次？拉開他的抽屜一看——原來是《西頓動物記》（*Wild Animals I Have Known*）[1]！

在每年出版書籍的洪流中，《西頓動物記》從一八九八年出版至今，一百多年間，始終受到不同國家、不同年代的許多大人和孩子的歡迎，穿透了時間的限制，直擊人們內心、引發感動、留下珍貴的價值，是為經典。

本書作者是美國的野生動物保育推手、動物文學之父厄尼斯特・湯普森・西頓，他不僅是自然學家，更是作家和畫家。在他細膩的觀察下，鋪陳出來的文字優美，更飽含著情感和種種細節，並在正確、真實的動物知識上，一段段文字像是流瀉的音符，緊緊抓住讀者的眼光、引發孩子的想像力，和對動物無窮無盡的愛和關懷。

讀者進入西頓用文字建構的世界，放下人類的自傲和本位，用動物的視野去看見牠們的生活和內心。在他的筆下，不管狼王、棉尾兔、狗兒、春田狐，讀者跟著牠們覓食、躲敵、思考、煩惱……感受牠們的各式情緒，貼近牠們的情感，看見牠們生命的價值和品格，跟著牠們情感起伏，同理和感知，而後，理解牠們也有一樣的生命權益，需要被尊重。

孩子天生對生物感到好奇，不管是昆蟲、貓兒、狗兒等，都希望與

1 編注：也就是本書於一八九八年首次出版的版本。

牠們遊戲、陪伴、玩耍，人本來就是動物的一環。而藉由這樣優美的文學經典，讓文字為動物們說話，孩子可以在閱讀中體會、思考、想像，擴大體驗範圍、提升思考層次，而後回到真實世界、進入自然世界，看見這些我們所熟悉、和我們一起生活在地球上的珍貴生物，知道沒有所謂的隸屬或高低，我們都是地球上珍貴的一員。

透過狼王的故事，思考人與動物、環境的關係

在西頓故事裡，最著名的便是〈狼王羅伯——科倫坡的君王〉，在他鮮明的刻畫下，狼王躍然紙上，雖然是高大威猛、睿智威嚴的領導者，卻又充滿細膩的深情。每每率領狼群攻擊人類的牲畜，一次次的高額獎金，吸引著來自各地狩獵技術高超的人們精心設下毒餌和陷阱，然而羅伯都不屑一顧、輕鬆避開。但在西頓出現之後，幾次交手，雖無功而返，沒想到，最後卻被西頓發現，狼王羅伯竟然有一個不為人知的弱點……

到底西頓用了什麼計謀，讓狼王羅伯掉下陷阱？可羅伯又做了什麼，讓西頓深受感動省思，決定從此不再獵殺任何一隻狼，還感動許多讀者，投入了美國的生態保育、影響立法走向？

這樣的狼王，牠的故事你不好奇嗎？你只能翻開書頁和西頓走一遭，藉由他的筆、他的心，看見、理解，到底，狼王做了什麼影響了西頓，也影響讀了故事的你？

每種動物，都是世上珍貴的寶物，身為其中一員的人們，沒有權利傷害牠們。自然保育和價值，你我都明瞭，但教條式的灌輸，不僅對孩子沒有功效，還會引發反效果。然而，藉由這樣一本藝術般的書籍，讓孩子在故事的脈絡中同感、被感動，許多知識、情意都潛移默化藉由故事深入血液，令人回味再三的故事、狼王最後的眼神，引發省思和思考，讓讀者跟著故事流動，在其中思考人和動物、和環境的關係，是最好的動物文學、生態保育讀本。

一本有著詳細的介紹、流暢的譯文，適合初學者的動物文學

小樹文化出版社出版的這本《狼王羅伯》，除了收錄了《西頓動物記》四篇經典故事：

1. 〈狼王羅伯——科倫坡的君王〉
2. 〈鋸齒耳——一隻棉尾兔的故事〉
3. 〈賓果——我的狗的故事〉
4. 〈春田狐——森林裡的狐狸家族〉

更在前方將西頓的動物文學之路，做了詳細的介紹、列出了他的成長歷程和作品，讓小讀者對作者有更深的理解，也更可以理解作品的深刻情感為何而來。

此外，本書翻譯流暢，沒有刻意的詰屈聱牙，讀來優美流暢，保有原味。一本即有四則經典可以一次閱讀，比較不同動物在西頓筆下的差

異。對於了解西頓和其作品，是相當不錯的初學者選擇。在此誠摯推薦給您！

「認識了羅伯之後，我最真誠的願望便是讓世人看見野生動物的寶貴之處，我們無權傷害牠們，也無權讓下一代失去牠們。」

——厄尼斯特・湯普森・西頓

推薦序

走進西頓的動物世界，踏上探索自我的道路

文／徐明佑（華德福資深教師）

回想成長的過程，才發現走上的是一條認識自己的道路。一直到十五歲的時候，我才很有意識的思考「我是誰？」，當我在哲學大哉問的追尋中，周旋於各種思想與定義之間時，我的心卻無法被深深的觸動，我的頭腦好像理解這個世界，但對自己的內在情感世界，卻始終感覺捉摸不定。一直到我有機會閱讀《所羅門王的指環》（*King Solomon's Ring*）[1]這本探討動物科學的書籍，才讓我第一次窺探動物的世界與人的內在情感之間所擁有的奇妙聯結。原來，動物的世界在科學家的理性探討中，是如此的有趣；而動物的各種行為與反應，原來有深層的意涵！作者筆下的動物世界彷彿一面鏡子，為我映照了內心的情感世界，

讓我省思著情感是如何隨著書中發生的事件而有各種不同的變化！

認識自己的最佳路徑，是透過動物世界辨識自己的情感模式，因為動物在情感的表達上能以一種純粹的模式呈現，而相較之下，以人際互動為劇本的故事，反而無法清晰的聚焦在情感最直接的反應上，因為人的情感世界背後有更多複雜的考量！當我們透過學習，能擁有掌握動物情感模式的敏銳度時，就可以用內在生動的圖像，重新詮釋與剖析所有人類的行為模式，彷彿就像看見森林裡動物朋友之間的互動，各具特色，甚至可以預測！

以動物的故事滋養孩子的心靈，幫助孩子探索自我

在陪伴孩子成長的十五年教學時光中，動物朋友們總是很自然的吸

1 奧地利動物學家康拉德．勞倫茲（Konrad Lorenz）的作品，書中介紹了許多動物的特性與行為等知識。

引孩子們靠近，而孩子們豢養動物時所投注的熱情，還有閱讀各種與動物有關的寓言故事與傳奇小說時顯現的愛好，都是讓他們走向認識自己、在潛意識中探問「我是誰？」的美好開始。孩子在情感上的純真表現以及直覺的反應，在還沒有經歷成人世界的洗禮之前，確實比較像是動物世界所呈現的純粹反應。如果老師可以如獵人般掌握這些法則，便可以很愉快的做好班級經營，就像成為森林之王般領導著班上的百獸子民。

孩子不是動物，他們是內在擁有愛與智慧的人。在成長的過程中，老師必須有意識的讓他們在互動的過程中享受，在看見的同理中領悟——原來人的內在有如此深刻的情感，值得被滋養與珍惜。而動物世界互動的故事最能讓他們內在感到著迷，又能透過認識動物的純粹情感反應，與自己的內心情感產生各種音色的共鳴，隨之轉瞬化為內心世界的想像，以及湧動生命的情感。

這本書對孩子來說就是最美好的心靈養分。因為作者用心的觀察動物世界，並且能深入的揣摩動物們內在的想法與感受，有別於《所羅門王的指環》用觀察者的角度報導動物本性的事實，西頓的描寫能讓每一位孩子在閱讀的過程中，生動的重見獵人眼中仔細觀察到的現象；而更珍貴的是，那些動物朋友們在行動與姿態上所呈顯的特質，以及在時間軸中互動與反應的脈絡，都能透過作者生動的文字，還有神韻靈動的插圖，詮釋為富涵張力的內在感受。而那些在閱讀之時因為動物世界純粹的情感表現而出現的心靈觸動，會讓我們逐步意識到自己內在鮮活的情感，在閱讀中被呵護，在省思中茁壯！

感受動物最真摯的情感，在閱讀中審視人生經歷

原來，狼王羅伯的愛恨情仇，能讓我們真誠讚賞，反思著自己是否一樣有情有義！而狼王的機智與謹慎，能提醒我們在生活要更注意細節，以抓出藏在裡面的魔鬼。棉尾兔鋸齒耳讓我們看見成長中每一個階段的累積，有風險也必須要冒險，因此生命的信念得以建立，才更能感受活著的珍貴。當鋸齒耳第一次遇見另一隻公兔子時，內心出現的疑惑

及各種情緒反應，以及面對挫折的心路歷程，則帶給我許多面對人生與逆境的啟發。可愛的賓果是率直又忠誠的狗，隨興的行動會造成主人的困擾，面對委屈的情境，也會很有個性的選擇與其他動物斷交，而最後要離開這個世界的時候，仍然掛念的是最初、最愛的主人！春田狐有許多小聰明，累積許多生存的啟示，而最讓我感動的是牠奮不顧身為孩子付出的真摯情感，是偉大的母愛！

四種動物的一生讓我重新辨識自己所經歷的人生，讓我更意識到社會的黑暗與現實，也讓我更珍惜朋友與家庭的溫馨與真情，並更進一步的知道「我是誰？」相信讀者會有更豐富的收穫喔！

推薦序

透過西頓對自然的觀察與理解，看見大自然的美麗與哀愁

文／黃一峯（金鼎獎科普作家，生態教育工作者）

從小，我就喜歡各種動物，對牠們的生態習性都感到好奇，更沒有想到，觀察動物這件事，成了我畢生的課題。撰寫這篇推薦序同時，我正照顧著一隻落巢的綠繡眼，我為牠取名叫做「啾寶」。我是在車水馬龍的騎樓下撿到牠，剛來的前幾天感覺牠有些失溫、狀況不是很好，在細心照養下，牠慢慢的開始變得活潑、愛玩，唯一的缺陷可能是因為先天失調，導致飛行能力不佳；因為綠繡眼喜歡在樹叢中活動的習性，我沒有用籠子關住牠，只是把一盆盆栽搬進屋裡，當成牠的活動空間，牠就會在枝椏間活動。以往，我都是在戶外觀察著野生綠繡眼，而與啾寶朝夕相處的這幾個月，我見識到這隻小小鳥的各種生活習性，甚至顛覆

了我以往的想像，如果沒有親眼所見，我不知道把我們當成同伴的牠會認人，能透過獨特的叫聲呼喚我們，並且巧妙的使用牠如尖嘴鉗般的細嘴，在那盒我為牠混合拌勻的飼料中挑出比較喜歡的口味，甚至用嘴啄手指頭要求撫摸……光憑這幾點描述，你應該也很難想像這是一隻不到十公分大小的綠繡眼所為。

扣人心弦的動物故事，彷彿於眼前真實上演

西頓根據他長年的自然觀察，寫下了本書四個主角——狼王羅伯、棉尾兔鋸齒耳、狗狗賓果和春田狐的故事。在西頓的筆下，這些動物在書裡活了起來，牠們的生活交織出一幕幕扣人心弦的故事，而這些非虛構出來的情節，讀起來彷彿就發生在自己眼前，也因此廣為流傳。

西頓在棉尾兔鋸齒耳的故事之前，寫了一段給讀者的話：

「鋸齒耳和媽媽住在奧利凡特溼地，我在那裡認識了牠們，接

著用一百種不同方式蒐集許多真實事件的證據和片段，最後終於得以寫出這個故事。那些不夠了解動物的人可能會覺得我把牠們擬人化了，但那些真正住在動物周遭、知道牠們生活方式與思考邏輯的人絕不會這麼想。據我們所知，真正的兔子並不會說話，但牠們自有一套傳達想法的系統，能透過聲音、訊號、氣味、鬍鬚碰觸、動作與行為達到與說話相同的效果。」

我非常欣賞這一段樸實的陳述，因為他少見的透露出一本書背後創作者的思維以及歷程，同為自然科普書籍撰寫者，我頗有同感。

對自然的熱愛與理解，成就西頓作品的深厚底蘊

從西頓的作品裡，能感受到他熱愛著大自然，並且時刻關心著這些大自然裡的大小事，而這些愛，都另外體現在書中一幅幅精美的動物插畫裡，如果稍不注意，你會忽略掉這本書是上個世紀的經典名著，書中

的圖文表現方式與現今的自然圖書並無違和感，這當然要歸功於西頓是一個特殊的作者，若用現代的話語來說，他是一個擁有多重身分、「跨界」的作者，而他所涉獵的一切，都是為了將自然的故事運用各種方式呈現在讀者眼前。

不只是作家與畫家，另一個身分是獵人的他，在獵殺狼王羅伯之後，放棄了狩獵，轉而投入動物及環境保護運動、推動童軍運動，帶領孩子從小走入自然，這一切都是源自於對自然的理解，最後轉化出的大愛。西頓多元的身分無法用單一名銜來定義他的成就，若要在這其中尋找共通點，那只有三個字——大自然；而成就他作品深厚底蘊，就只有——自然觀察了。

西頓不但是動物文學的先驅，還是環境教育的典範，希望大家除了在閱讀他豐富的自然經典名著之餘，還能看見撰寫每一篇作品背後所做的積累與轉化，因為這一切，都是為了透過說故事的方式讓更多人看到大自然的美麗與哀愁，如果能多影響一個人親近這些大自然，地球的未來就會多一絲希望。

推薦序

從《狼王羅伯》，思索野生動物的生存權利

文／番紅花（親職教養作家）

若論現代孩子認識「狼」的伊始，多半是從《三隻小豬》和《小紅帽》的古老歐洲童話。透過這些故事，孩子對狼的第一步印象，是「個性殘忍狡猾，卻狡猾得不難破解」，而這算不算是在孩子的心裡，為狼貼上了刻板印象的標籤？狼究竟是怎麼樣的動物？又是怎麼樣的故事，有助於孩子進入動物在荒野求生的真實世界，進而感受到生命的高貴，願意守護動物在大自然的生存權利呢？

被尊為「寫實動物文學之父」的西頓，其經典著作《狼王羅伯》，是我和女兒們長年一起共讀的故事，即使她們此刻已進入大學，這本薄薄的書，依然是我床頭的珍愛。夜深人靜時，暈黃的床頭燈下，西頓獨

有的動物書寫方式，彷彿引領我來到森林裡野生動物的身後，窺看牠們在天地之間自由奔跑與生死起落。我常常想，每個孩子的書架上，都應該要有一本西頓的作品，因為沒有一個孩子的天性，是不愛動物的。

前幾天行經北部靠海的鄉間巷弄，無意間發現一戶鐵皮屋下有三個大鐵籠裡關著多隻「豹貓」，「豹貓」外型正如其名，身上有著清晰如豹的花紋、身手矯捷機敏，我不由得被吸引了走進去。其中一個大鐵籠裡關著已熟齡的一公一母以利牠們交配，只見母貓對公貓不悅、哈氣好幾次，但是公貓不為所動，不斷在母貓身邊跟前跟後跳上跳下；另外兩個鐵籠裡則關著五隻約三個月大的小豹貓，還有一隻顯然已病、舌頭不斷外露、眼周充滿黏答答分泌物的成貓……鐵籠主人走出來對偶然路過的我們熱絡介紹說，這些豹貓一隻十五萬，如果喜歡的話「可以算便宜一點」、「你們也可以帶朋友來看」。

原來是一間沒有招牌、隱身鄉間的私人小型繁殖場，那一隻一隻小豹貓要價不菲，而那隻鐵籠裡的母貓一生得生育多少次則無從得知。站在鐵籠外的我，目睹這一切，情緒備受衝擊，眼前是三籠病著的成貓、待售的幼貓和成為生育機器的母貓……顯然關於動物的生命教育，我們還有很長很長的迢遙路要走。想到這附近的孩子每天上下學途經此店，他們會不會停下腳步，讚嘆或逗戲這群皮毛美麗的小貓呢？他們會不會因此對囚籠裡的一切習以為常？他們會不會以為花錢買動物是理所當然的？又，有沒有人會和他們討論如此的動物交易買賣，是不是違法的？

直視動物生命的悲劇，幫助孩子思索動物與人類的利益衝突

二十年來持續閱讀《狼王羅伯》的我，也在許多推動青少年閱讀的機會裡，邀請成人和大孩子一起進入西頓的動物文學世界，就怕人們誤以為西頓的故事只適合小讀者。一生創作不輟的西頓，其筆下的動物多有著悲劇性收場，他為大小讀者揭開野生動物在大自然裡縱身搏鬥、求取生存的艱難與痛快，也讓我們直視動物死亡是生命必然的歷程，死亡的結局，我們不必也不能迴避。雖然西頓的讀者設定是孩子，但他如此獨特的書寫手法，反而讓孩子因震撼而陷入思考，為動物生命與人類利

益之間的衝突帶來思辨的空間。

共出版七十多本著作的西頓，多次以「狼」為主角，《狼王羅伯》正是奠定他在西方動物書寫地位的經典作品。他撕去狼那總是被塑造成邪惡、暴力、說謊的標籤，以第一人稱視角細膩描繪羅伯的倨傲、強健、奔放、無畏人類的氣勢與機敏，大大顛覆，甚至進一步深化孩子對狼的認知。當我們逐漸在情感上支持羅伯為守護同伴與愛侶所做的種種行為（儘管那毀壞了人類的牲畜資產與其他動物的生命），最後卻看到西頓終於如願，親手結束狼王伴侶布蘭卡和狼王的生命，且捕捉的過程流血悲鳴、嚎聲響徹山谷，令人讀了隨之傷懷。

而西頓看似成就解鎖，成為美國新墨西哥州科倫坡峽谷村莊裡殲滅狼王羅伯的大英雄，但他卻從此決定，今生不再獵殺狼。從那以後，他謹守內心誓言，不僅未曾殺害過任何一隻狼，且全力倡議野生動物的守護運動，透過寫實動物小說的經典傳世，西頓深深影響了世人對野生動物在大自然的生存權利的觀念。

直到如今，狼王羅伯的驍勇、棉耳兔危機四伏下的成長、牧羊犬賓果的過分調皮娛樂、森林裡狐狸家族對蘆花雞的襲擊，每一個西頓親身經歷的故事，都緊緊扣住讀者的心，野生動物對自由與愛的渴求，與人類無異，我和孩子輕輕闔上書，深深悸動於西頓動物故事的豐富與溫柔。

西頓的動物文學之路——在自然中尋找靈感的作家

文／小樹文化編輯部

在森林深處的溪流邊，一位男孩帶著熱切的雙眼，觀察著大地絕妙的美景與多樣的生物，他可以輕易分辨各種生物的特徵與習性，更懂得原始森林中所需的生存技巧，這位男孩便是日後美國著名的畫家、自然學家及動物文學之父——厄尼斯特·湯普森·西頓。

一八六〇年，西頓出生於英格蘭南希爾茲小鎮。他的父親約瑟夫·湯普森（Joseph Thompson）從事帆船航運業，由於蒸汽船興起而事業受挫，父親便帶著六歲的西頓及家人移民至加拿大安大略省一處偏遠林地，並以務農維生。這段日子給了西頓許多接觸大自然的機會，使他自年幼起便熱愛觀察自然，也很早就學會辨認各種動植物。然而，他的父親並不擅長務農，四年後便再次轉換跑道成為會計，並帶著全家重返城市，搬遷至加拿大多倫多市。

▲厄尼斯特・湯普森・西頓

西頓從小便展露出繪畫動物的天分，也時常獨自在森林中寫生。十九歲那年，他獲得英國倫敦皇家藝術學院（Royal Academy of Arts）提供的七年獎學金，但在就讀了七個月後，西頓卻因生活拮据、飲食不良，健康狀況日益衰退而放棄了學業，返回加拿大。

農場裡的動植物觀察家，沉浸自然中的黃金時期

自倫敦返回加拿大後，西頓前往哥哥於曼尼托巴省經營的農場工

▲西頓所繪的印第安人
©PublicDomanPictures @Wikimedia Commons

作、學習打獵。西頓和他父親一樣不是一位稱職的農夫，他總是受大自然絕美景色吸引而無心務農，比起耕種，他更喜歡花時間觀察田裡的鳥類與收集動植物標本。這一段日子為這位作家帶來了源源不絕的靈感，許多經驗皆成了他的創作題材，他也稱這幾年為生命中最快樂的「黃金時期」。

他投入大量時間觀察農場附近的環境與生活在四周的動物，同時也磨練自己的狩獵與野外生存技巧，更與當地印第安人交流、學習他們的自然觀，這些經驗讓他對大自然有了更深的認識。同時，他發表了他的第一篇自然歷史學術文章，更與美國前總統羅斯福（Theodore Roosevelt）交流相關知識。幾年後，西頓甚至受曼尼托巴省政府封為當地官方自然學家。

▲西頓與他的畫室

©PublicDomainPictures @Wikimedia commons

一八八三年，當曼尼托巴省進入嚴冬之際，西頓決定前往紐約旅行。這是他第一次踏上美國，他很快的結識了許多有名的自然學家、鳥類學家、作家及畫家，從此展開在紐約、多倫多及曼尼托巴省三地來回奔波的日子。他也在此時重返藝術界，加入了紐約藝術學生聯盟（the Art Students League），幾年後又入學法國巴黎朱利安藝術學院（Académie Julian）。

▲西頓的畫作，出自他的著作《灰松鼠旗尾》。

西頓一生共繪製了超過四千幅畫作，大部分的作品皆以動物與自然為主題。他的作品也在法國、加拿大、美國等地的博物館展出，使他成為享譽盛名的野生動物畫家。

從動物的角度出發，為動物保育而生的經典作品

一八九三年，努力作畫的西頓因用眼過度而接受醫生的建議，決定離開都市、暫時休息，他移居新墨西哥州，並在此時遇見一匹改變了他一生的狼，這隻狼便是科倫坡的狼王羅伯。自從獵殺了羅伯，西頓的生命起了轉變，他再也沒有獵過狼，也從一名獵人轉而成為動物保育學家。他透過羅伯的故事，試圖改變世人對狼的看法，並喚起大眾的動物保育意識。

除了〈狼王羅伯〉，西頓也仔細觀察了數種動物，並從動物的角度創作無數發人深省的動物故事。一八九八年，西頓集結了他所創作的動物故事，出版了代表作《西頓動物記》，本書《狼王羅伯》則收錄書中

最著名的四篇故事。爾後十年的期間，西頓每年至少會出版一本著作，而他以動物角度出發的獨特文體，也使他被後人稱為「動物文學之父」。

▲《西頓動物記》1898年初版書封
©Fadepage

帶孩子走進自然，美國童軍運動重要推手

一九〇二年，為了鼓勵兒童多參與戶外活動，西頓創立了「叢林印第安人」組織（Woodcraft Indians，後改名為「美國叢林聯盟」）。他基於自己對美洲原住名的理解，依照他們的生活及文化而創立了這個組織，並向孩子們訴說關於美洲印第安人及自然的故事，引導孩子依照印第安人的制度選出「酋長」、「副酋長」等，讓孩子們的心靈回歸最原始、自

▲西頓（左）與貝登堡（中）

©George Grantham Bain Collection, Prints & Photographs Division, Library of Congress,LC-DIG-ggbain-06593 @Wikimedia Commons

然的環境。

此外，西頓發表了一系列關於戶外活動的文章，他的想法啟發了男爵羅伯特．貝登堡（Robert Baden-Powell）創立英國童軍總會，而西頓則於一九一〇年創立了美國童軍協會，並擔任第一屆總領袖，成為美國童軍運動的先鋒。

一九三〇年，西頓正式移居美國新墨西哥州聖塔菲市，並於隔年獲得美國國籍。他在當地買了一塊地、創建了「西頓印第安知識小組聯盟」（The Seton Institute College of Indian Wisdom），以此培訓叢林運動的領導人才，直到第二次世界大戰爆發才不得不停止。

以文學、繪畫及行動改變世界，最具代表性的動物保育推手

西頓一生涉獵廣泛，在文學、繪畫及童軍運動中皆出類拔萃，獲獎無數。在文學方面，他的動物故事不但喚醒了世人的動物保育意識，他最成功的作品《狩獵動物的一生》（*Lives of Game Animals*）更獲得美國自然文學重要獎項「約翰．巴勒斯文學獎」（John Burroughs Medal）以及美國國家科學院所頒「丹尼爾．吉羅．艾略特獎章」（Daniel Giraud Elliot Medal）。西頓在童軍運動的貢獻，也使他獲頒美國童軍最高榮譽「銀水牛獎」（Silver Buffalo Award）。而他為美國環境、動物所帶來的改變，更使他堪稱為美國最具影響力的野生動物保育推手。

透過文學及畫作，西頓幫助世人看見動物最真摯的情感與最動人的尊嚴、感受野生動物生命的重量，他更以行動帶領人類重返自然，回歸最原始的生活、看見自然的價值與美好。

▲壯年時期的西頓

©George Grantham Bain Collection, Prints & Photographs Division, Library of Congress,LC-DIG-ggbain-02076 @Wikimedia Commons

▲辦公桌前的西頓

©George Grantham Bain Collection, Prints & Photographs Division, Library of Congress, LC-DIG-ggbain-26122 @Wlkimedia Commons

狼王羅伯的原型——科倫坡上的狼群首領

文／小樹文化編輯部

一八九三年，一名經驗豐富的獵人受邀前往美國新墨西哥州，踏上一場即將改變他一生的「獵狼之旅」，這名獵人便是美國著名的畫家、作家與動物學家——厄尼斯特·湯普森·西頓。

西頓的目標為一隻當地人稱為「羅伯」（Lobo，西班牙文「狼」的意思）的狼，身為在該地肆虐多年的狼群首領，羅伯堪稱為此處的「狼王」。即使已狩獵過無數頭狼，西頓仍耗費了數個月的時間、運用各種方法與羅伯對峙。最終，西頓觀察出羅伯的弱點，並加以利用而成功捕捉了羅伯。

▲狼王羅伯遭到捕捉後拍攝的照片。

令人意外的是，自從獵殺了羅伯，這位技巧高超的獵人頓時放棄了狩獵，轉而成為一名動物保育學家，並投入許多動物及環境保護運動。隔年，他將獵狼的過程改寫成故事，向世人展現動物最真實的情感與生命，〈狼王羅伯〉便是由此誕生。回憶起與羅伯的對峙，西頓說：「認識了羅伯之後，我最真誠的願望便是讓世人看見野生動物的寶貴之處，我們無權傷害牠們，也無權讓下一代失去牠們。」

西頓究竟是受到什麼影響，而有如此重大的轉變？或許在西頓談論〈狼王羅伯〉的話語中，我們能看出一點線索：「我已提出了證據，證明狼有騎士般的勇氣與力量，牠們會嬉鬧，也有顆忠誠、友善、慷慨、良善且英雄般的心，足以讓我向你展示這些受到誤解的動物，看見牠們的忠誠與無畏；這些證據拼湊了我無數打獵經驗中所看到的事實，就像在垃圾堆中找到了黃金；這些證據讓你看到野獸的真性情以及牠們的真實生活。現在，看著眼前與許多其他的證據，並將羅伯的故事謹記在心（因為這故事大部分皆屬實），還會有人懷疑我對灰狼的愛，以及我對牠們高尚及英雄般動物品格的信任嗎？」

▲西頓的簽名

自此之後，西頓總會在簽名後畫上狼的腳印，以紀念羅伯的精神。至今，羅伯的毛皮仍展覽於新墨西哥州的西頓紀念圖書館，而這則故事則收錄進西頓於一八九八年出版的《西頓動物記》，隨著這本書暢銷各地，西頓成了著名的作家、演說家及環境保護者。雖然羅伯的死無疑是一齣悲劇，卻改變了不只西頓一個人，而是整體人類對於狼及野生動物的看法，羅伯的故事也將持續流傳，為野生動物最真摯的情感與寶貴的生命發聲。

1900	移居美國康乃狄克州，並在北美與歐洲各地演講
1902	創立「叢林印第安人」組織（後改名為「美國叢林聯盟」）
1906	與羅伯特・貝登堡會面，發展英國童軍總會
1910	創立美國童軍總會，擔任總領袖，並撰寫第一本童軍手冊
1918 | 1925	研究與撰寫《狩獵動物的一生》
1926	獲頒美國童軍最高榮譽「銀水牛獎」
1928	《狩獵動物的一生》獲得美國自然文學重要獎項「約翰・巴勒斯文學獎」以及美國國家科學院所頒「丹尼爾・吉羅・艾略特獎章」
1930	移居美國新墨西哥州，成為美國公民 創建「西頓印第安知識小組聯盟」
1935	與第二任妻子茱莉亞・布特里（Julia Buttree）結婚
1946	逝世於美國新墨西哥州

大事紀年表—西頓的一生

1860	出生於英格蘭南希爾茲小鎮
1866	父親帶著西頓及家人移民至加拿大安略省
1870	父親再次帶著家人搬至加拿大多倫多市
1879	獲得英國倫敦皇家藝術學院獎學金，前往倫敦就學
1882	於曼尼托巴省的農場工作，西頓人生中的「黃金時期」
1883	加入「紐約藝術學生聯盟」
1885	為《世紀英語辭典》（*Century Dictionary*）繪製一千幅動物插圖
1890	入學法國巴黎朱利安藝術學院
1892	受曼尼托巴省政府封為當地官方自然學家
1893	前往新墨西哥州獵狼，與狼王羅伯對峙
	畫作〈狼的勝利〉（*Triumph of the Wolves*）展覽於世界博覽會
1894	於雜誌刊登〈狼王羅伯〉，受到熱烈回響
1896	出版第一本書《動物解剖學》（*Studies in the Art Anatomy of Animals*）
	與第一任妻子葛蕾絲．迦勒汀（Grace Gallatin）結婚
1898	出版《西頓動物記》

目錄

賓果——我的狗的故事

6 愛我，就要愛我的狗

7 兩年後的重聚

8 了不起的賓果！

春田狐——森林裡的狐狸家族

181

1 尋找狐狸的巢穴

2 狐狸一家的生活

3 狡猾的疤臉與愚蠢的獵犬

4 樹林間的悲劇

前言

從野生動物的故事中，看見動物最眞實的精神與性格

文／厄尼斯特・湯普森・西頓

這本書裡描寫的都是真實故事。雖然我在故事中許多地方並沒有遵照著歷史真相，但這本書中所有角色都是真實存在的。牠們過著我所描繪的生活，表現出的英勇精神與強大的性格遠遠超過我能用筆墨形容的範圍。

我認為人類太常使用模糊而籠統的方法來描述自然史，導致現在的自然史並不完整。用十頁的篇幅敘述人類的習性與風俗，能帶給我們什麼滿足感呢？要是能把這些篇幅用來描寫某個偉人的生平，應該能讓我們獲益更多吧，因此我努力試著在我故事中的動物身上應用這樣的原則。我的主題是個體的真實性格以及牠對生命的看法，而不是用漫不經

心又帶有敵意的人類眼光去看待整個種族。

故事中有些角色是我拼湊出來的，或許這種做法會讓你覺得我的故事不符合上述論點，但這是因為「紀錄」這件事的本質就是如此零碎。不過羅伯、賓果和莫斯坦（西頓故事中的一匹野馬）的故事幾乎完完全全沒有偏離真相。

羅伯在一八八九年至一八九四年於科倫坡地區過著狂野浪漫的生活，那裡的牧場工人全都知道這件事，而牠確切的死亡日期正如故事中描述的，是一八九四年一月三十一日。

賓果是我在一八八二年至一八八八年養的狗，中間我在紐約待了很長一段時間，從此請別人代為照顧，我在曼尼托巴的朋友都記得這件事。而我的老朋友，也就是坦恩（〈賓果——我的狗的故事〉中出現的一隻獵犬）的主人，將會在本書中了解到他的狗真正的死因。

十九世紀初期，莫斯坦生活在距離羅伯不遠的地方。我嚴謹的按照事實真相寫下了這個故事，只有牠的死法有一點爭議。根據某些人的證詞，牠第一次被帶進柵欄之後，便在裡面摔斷了脖子。牠沒辦法在老特爾基查克的圈養下生活。

沃利（西頓故事中的一隻黃狗）這隻狗從某種程度上來說是兩隻狗的綜合體。這兩隻狗都是有牧羊犬血統的混種狗，也都是以牧羊犬的身分被養大的。沃利的前半段故事皆盡屬實，不過到了後來我們只知道牠變成了一隻殘暴又危險的羊殺手。後半段的故事細節其實來自另一隻相似的黃狗，牠一直過著雙面生活——白天是忠誠的牧羊犬，晚上則是渴望鮮血的可怕怪物。這種事情遠比理論上來得更常見，在寫下這些故事之後，我又聽說了另一隻過著雙面生活的牧羊犬的故事，牠晚上的娛樂活動還包括了殺掉鄰居養的小型犬這種暴行。在牠的主人發現這件事的時候，牠已經殺了二十隻狗，全都藏在沙坑裡。牠和沃利一樣死了。

如今我總共聽過六隻過著這種如「傑基爾和海德」（Dr. Jykell and Mr. Hyde）[1]生活的狗。每個案例中的狗都是牧羊犬。

紅頸（西頓的故事中的一隻松雞）真的住在多倫多北部的當谷裡，我有許多朋友都還記得牠。牠在一八八九年於修格羅夫與法蘭克堡之間被殺死了，我不會公開殺掉牠的那傢伙的名字，因為我希望能揭露的是這個作惡的物種，而不是個體。

銀點（西頓故事中的一隻烏鴉）、鋸齒耳和薇克辛的個性都來自真正的動物。不過我分別擷取了這些物種中的數隻生物經歷過的冒險故事，匯聚在這三個角色身上，牠們故事中的每個事件都取自於真正的生命故事。

這本書裡描寫的都是真實故事，也因此它們充滿了悲劇色彩。野生動物的生命總是以悲劇作結。

這些經歷自然而然會使人們聯想到一個共通的概念——在上個世紀，這個概念被稱為「道德」。毫無疑問的，每個人都會在故事中找到屬於自己的道德教訓，但我衷心希望讀者能在文本中找到和《聖經》一樣古老的寓意——我們和野獸擁有共同的血緣。動物身上都至少會有一

1小說《化身博士》（*The Strange Case of Dr. Jykell and Mr. Hyde*）中的人物，傑基爾醫生是一位待人有禮、受人愛戴的紳士，海德先生則是他喝下藥水後，分裂出的邪惡又遭人唾棄的性格。

點人類性格的痕跡。而從某種程度上來說，動物所擁有的性格，人類身上也都有。

那麼，有鑑於動物與我們之間唯一的不同，就只有慾望與感受的程度差異，所以牠們絕對也享有牠們的權利。最早正式宣布這個事實的人是摩西，佛教則在兩千年前就開始強調這件事，如今高加索人[2]終於也已經漸漸體悟到這個事實。

2分布在歐洲、北非、與西亞的民族，一般常用來泛指白人。

狼王羅伯

科倫坡的君王

1 惡名昭彰的狼王羅伯

科倫坡是新墨西哥州北方一個占地廣大的牧場。這塊土地上有青草繁密的牧地，處處都是一群群牲畜，這裡有許多綿延起伏的台地，還有一條條珍貴的小溪，溪水最後全都匯聚到科倫坡河裡，「科倫坡」這個名字就是從這條河而來。有一名君王在這整個區域中掌控了至高無上的權力，牠是一匹老灰狼。

這匹狼就是老羅伯，墨西哥人稱牠為「君王」，牠是一群傑出灰狼的重要領袖，牠們已在科倫坡山谷肆虐多年。所有牧羊人和牧場工人都很了解羅伯的事蹟，只要牠帶著忠心的狼群出現，牛群都會怕得魂不附體，牠們的主人則會陷入憤怒與絕望之中。老羅伯在狼群中簡直就像巨人，牠的狡猾與強壯程度和牠的體型一樣，遠遠超過了其他狼。若在晚上聽到牠的聲音，所有生物都能輕而易舉的辨別出牠的聲音和其他狼的區別。一般的狼就算耗費大半個晚上對著牧人的營地嚎叫，也不會引來任何注意，不過，一旦老君王的低吼響徹山谷，守夜的人馬上就會提高警戒，準備好在隔天早上面對自己的牲畜慘遭襲擊的慘況。

老羅伯的狼群成員並不多。我一直沒辦法理解這一點，因為一般來說，每當有狼取得了像羅伯這麼高的地位與這麼大的權力時，必定會吸引許多追隨者。或許是因為狼群的數量是由牠隨心所欲控制的，又或許是因為牠的兇殘性格導致狼群成員無法增加。我能確定的是，在羅伯統治這個地區的後期，牠只有五名追隨者。不過這五名追隨者全都是威名赫赫的狼，牠們的體型大多比一般狼更大，尤其是羅伯的副手，絕對是匹名副其實的巨狼，不過就連牠的體型和本領都遠比牠們的君王還要低一個階層。在狼群中，除了這兩匹領導的狼，其他狼也十分知名。其中一匹是美麗的白狼，墨西哥人稱牠為「布蘭卡」，牠應該是一匹母狼，有可能是羅伯的伴侶。另一匹土黃色的狼，最著名的特色是速度極快，根據當地流傳的許多故事，牠曾為狼群抓過羚羊。

由此可知，當地的牛仔與牧人個個都非常熟悉這群狼。人們時常看到或聽說狼群的動向，狼群與牧人的生活緊密相連，牧人們一直非常希望能消滅這群狼。在科倫坡，每一位畜牧業者都願意用無數頭公牛來交換羅伯狼群中任何一匹狼的皮毛，但狼群們有魔法似的避開了所有用來殺狼的裝置。牠們蔑視所有獵人、嘲笑各種毒藥，許多人說牠們在至少五年的期間每天都殺一頭牛，還說狼群是在強行從科倫坡的農場主人那裡收取貢品。根據這套說法計算下來，狼群總共殺了兩千頭最好的牛——當地人都知道，牠們每次都會挑選最優良的那頭牛來殺。

過去的觀念認為狼總是處於飢餓狀態，因此牠們什麼都願意吃，但是這種觀念完全不適用於這群掠食者，因為牠們總是處於最好的狀態——毛皮光滑柔亮，而且對於吃進嘴裡的食物無比挑剔。自然死亡、病死或受到感染的動物牠們連碰都不會碰，而且也拒吃牧人殺死的動物。牠們嚴格篩選每天的食物，只吃剛殺掉的一歲母牛身上最柔嫩的部位。老公牛或乳牛都是牠們厭棄的對象，雖然牠們偶爾也會殺小牛或小馬，但小牛肉和馬肉顯然不是牠們的最愛。當地人也都知道，牠們對綿羊肉沒興趣，不過時常以屠殺綿羊為樂。一八九三年十一月的一個晚上，布蘭卡和黃狼殺了兩百五十頭綿羊，顯然牠們純粹是因為好玩才殺掉這些羊，所以連一盎司的羊肉都沒吃。

上述這些故事只是冰山一角，我還有許多關於牠們的故事能讓讀者知道這群造成可怕破壞的狼群有多野蠻。為了消滅牠們，年年都有人帶著最新穎的工具來到科倫坡，但無論狼群的敵人付出多少努力都沒有用，狼群一年年存活下來，愈來愈茁壯。羅伯的懸賞金額極高，因此人們在野外放置用各式各樣巧妙方法處理的毒藥，想要殺死牠，但是牠每一次都能成功找出毒藥、避開危險。牠只害怕一種東西——那就是槍，而且牠很清楚這個區域的所有男人身上都會帶槍，從來沒有人聽說過羅伯攻擊或面對任何人類。羅伯的狼群向來遵守這套規則，只要在白天任何時候看到人類，無論距離有多遠，牠們都會立刻飛也似的逃離。羅伯向來只准許狼群吃自己獵殺的獵物，這樣的準則救了牠們的命許多次，而羅伯敏銳的嗅覺使牠得以偵測出肉類是否有人類經手過的異味或毒藥的氣息，因此狼群全都不受下毒伎倆威脅。

有一次，一位非常熟悉老羅伯嚎叫聲的牛仔聽到牠發出了召集的嚎叫，於是他躡手躡腳的靠過去，發現科倫坡狼群聚集在一個低窪地，正把一小群人類豢養的牛「圍起來」。羅伯單獨坐在一旁的小土丘上，布蘭卡和其他狼努力把牠們選中的一隻年幼乳牛「趕出來」，但牛群全都站得很緊密，一致把頭朝向外側，對敵人亮出一整排牛角，圍成了一個幾乎堅不可摧的圓圈，唯一的破口是偶爾會有些母牛在親眼看到狼時，由於太過害怕而後退到牛群中間。狼群只有在破口出現時才能傷害到牠們選中的母牛，但母牛還沒有受傷到無法行動的程度，這時，羅伯似乎終於對追隨者們失去了耐心，牠離開土丘上的位置，發出低吼，往牛群直衝過去。排成一列的牛群被牠的衝刺嚇得出現了缺口，牠從缺口跳進了牛群之中。接著這些牛像是爆裂的炸彈飛速衝向四面八方。被選中的受害者也同樣往外跑去，但是還跑不到二十五公尺，羅伯就跳到了牠身上。牠咬住了母牛的脖子，用盡全力猛然向後一扯，把牠重重

▲羅伯向追隨者示範如何獵牛。

向地面一甩。那頭小母牛想必受到了非常大的驚嚇，因為牠整頭牛摔得四腳朝天。羅伯也往後翻了一圈，但立刻就恢復站姿，牠的追隨者們紛紛撲向可憐的乳牛，在短短數秒內就殺死牠了。羅伯沒有參與殺戮——在把受害者甩到地上後，牠似乎是在說：「好啦，為什麼你們之中沒有半匹狼能早點這麼做呢？真是浪費時間。」

這時，那名偷偷接近的男人大叫著策馬前進，狼群一如往常的立刻撤退，男人拿出了身上的一瓶毒藥「番木鱉鹼」[1]，迅速撒在屍體的三個部位，接著便離開了。他知道狼群一定會回來進食，因為這是牠們自己殺死的獵物。但是隔天早上，他回去尋找預期會出現的受害者時，他發現狼群的確吃了那頭小母牛，但是卻小心的扯掉幾塊肉、丟在旁邊，這些都是他下毒的部位。

這匹偉大的狼王每年都使牧人們心懷恐懼，他們年年提高羅伯的懸賞金額，直到最後賞金達到了一千元，這絕對是空前絕後的獵狼賞金，許多人類的懸賞金額都遠遠不及牠。這筆高額賞金吸引了德州騎警譚納瑞，他為此驅馬來到科倫坡峽谷，並帶著一套優異的獵狼裝備——最好的槍、最好的馬還有一隊身材壯碩的獵犬。他在遙遠的潘漢德爾狹長平原

上和他的狗群一起殺過許多狼，如今他相信只要花上短短幾天，就能把老羅伯的頭掛在馬鞍的鞍頭上。

在一個天色昏暗的夏日清晨，他們勇敢的出發獵狼，大狗很快就發出了歡快的吠叫，告知主人牠們找到了目標的蹤跡。往前追了不到三公里，科倫坡狼群的灰色身影便躍入牠們的視野中，獵捕的速度愈來愈快、過程愈來愈激烈。這個時候獵犬該做的唯一一件事，是阻攔逃跑中的狼群，讓獵人能追趕過來開槍射殺獵物。在德州的開闊田野中，這是一個很容易達到的目標，但如今牠們卻是面對著全新的地貌，這也顯示出羅伯挑選領地的聰明才智：科倫坡有許多充滿岩石的峽谷，還有眾多支流從各個方向把平原切割得支離破碎。老狼王立刻跑向最近的峽谷與支流，跨越後便擺脫了騎在馬上的人類。接著，狼群四散開來，使得狗群也跟著分散，等到狼群在較遠的地方重新碰頭時，狗群想當然耳沒辦

1 一種劇毒的化學物質，一般用來毒殺老鼠等囓齒動物。

▲譚納瑞與他的獵犬
在山谷中奔馳。

法立刻全部趕上，因此這時候狼群的數量就多過於率先追上來的那幾隻狗，狼群便回過頭來殺死或重傷了這些獵犬。那一晚譚納瑞把獵犬集合起來時，只有六隻回到他身邊，其中兩隻有嚴重的撕裂傷。這位獵人又為了獲得羅伯的頭顱而嘗試了兩次獵捕，但這兩次都沒有比第一次成功，而且在最後一次追獵中，他最好的那匹馬失足摔死了，因此他沮喪的放棄、回到德州，使羅伯「科倫坡君王」的名聲更加遠播。

隔年又出現兩名下定決心要拿下懸賞獎金的獵人。他們都相信自己能夠消滅這匹遠近馳名的狼，第一位獵人用的是新發明的毒藥，他將用一種全新的方法下毒；第二位獵人是法裔加拿大人，他以毒藥搭配特定的咒語和魔法，因為他堅信羅伯是名副其實的「狼人」，一般的方法是殺不死牠的。但是在對付這匹灰白毛色的破壞者時，那些巧妙製成的毒藥、魔法和符咒一點效果也沒有。牠依照過往慣例每週繞圈巡邏，每日大啖盛宴，過沒幾個星期，這兩位獵人卡隆和亞洛許就絕望的放棄，到別的地方去打獵了。

一八九三年的春天，喬・卡隆嘗試獵捕羅伯，並在失敗後受到了侮辱，這件事展現了這隻巨狼有多麼鄙視自己的敵人，以及羅伯有多麼龐大的自信心。卡隆的農場位於科倫坡一座風景如畫般的峽谷中的一條小支流旁，而這年春天，老羅伯和牠的伴侶選擇在這座峽谷的眾多岩塊之間，距離卡隆家不到一公里處建立巢穴、生養後代。牠們在那裡住了整個夏天，殺掉了卡隆的牛、羊和狗，嘲笑卡隆布置的所有毒藥和陷阱，安心的在峽谷懸崖的凹洞中休息，任由卡隆徒勞無功的想破腦袋，試著用各種煙燻法把牠們趕出凹洞或用炸藥攻擊牠們。但牠們總是能毫髮無傷的逃離，接著繼續過去的野蠻行徑。

「牠去年一整個夏天都住在那裡，」卡隆指著那片懸崖說，「我卻動不了牠，牠根本把我當成笨蛋。」

2 捕捉羅伯的陷阱

上述故事全都是牛仔們說的，我原本覺得這些事情令人難以置信，直到一八九三年的秋天，我認識了這位詭計多端的劫匪後，才真正相信這些敘述，到了最後，我對牠的了解遠比任何人都還要透徹。在數年前，我還和賓果一起生活的那段日子裡，我曾獵過狼，但在那之後我的職業生涯轉往了另一個方向，使我被綁死在桌椅上，無法離開。就在我的生活急需變化時，一位在科倫坡經營牧場的朋友請我到新墨西哥州，看看能不能對付這群掠奪成性的狼群，我接受了他的請託。由於急於認識這位科倫坡的君王，我便用最快的速度來到充滿台地的科倫坡。我花了一點時間騎馬四處走、熟悉地形，在過程中，我的嚮導不時指向一堆依然黏附著皮毛的母牛骨頭，解釋道：「這就是牠們的傑作。」

沒多久後，我便完全確定了在這個地形崎嶇的地方是不可能用獵犬和馬匹追捕羅伯的，所以適合獵殺羅伯的方法就只剩毒藥或陷阱。目前我們沒有夠大的陷阱，所以我開始著手處理毒藥。

我不會詳細敘述為了擊敗這匹「狼人」所用過的數百種裝置——我嘗試了番木鼈鹼、砷、氰化物與氫氰酸之間的每一種組合，也試過把每一個部位的肉當作誘餌，但一個接著一個早晨，我騎馬去確認結果時，總是得到徒勞無功的結論。這匹老君王實在太過狡猾奸詐了，我騙不過牠。

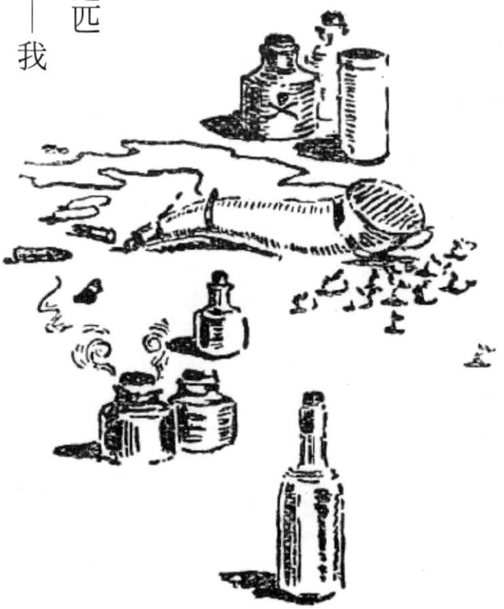

我在此用一個例子讓讀者知道牠有多麼精明。當時我依照一位老陷阱獵人的指示，從剛殺的母牛身上切下了腎臟脂肪，並和起司混在

一起、丟進瓷盤裡細火慢燉，再用骨製的刀子切開這些肉，目的是避免脂肪上沾染金屬的味道。把這盤混和物放涼之後，我把它切成許多小肉團，在每個肉團側邊戳出一個洞，再把高劑量的番木鼈鹼和氰化物裝在不會透出任何味道的膠囊中、塞進肉團裡，最後再用幾片起司把洞封起來。在製作過程中，我一直帶著一雙浸泡過母牛鮮血的手套，甚至還特別留意不要對著這些誘餌呼吸。一切準備就緒後，我把這些誘餌放進一個用鮮血仔細擦洗過一遍的生皮袋子中，騎著馬出發，馬上掛著一條繩子，末端綁著牛肝與牛腎。我帶著這些東西繞了一個圓，足足走了十六公里，每間隔半公里就丟一塊誘餌，過程中謹慎的不用手碰到任何一塊肉。

羅伯通常會在每星期的頭幾天來到這一帶，該週接下來的日子則會到謝拉格蘭德山腳度過。這天是星期一，就在當天傍晚我們準備要就寢時，我聽到了君王陛下低沉的嚎叫聲。其中一名男孩在聽到聲音後簡明扼要的說：「牠來了，明天就能知道結果了。」

隔天早上我騎上馬背，急著想知道結果。我很快就找到了盜賊們的新足跡，走在前面的是羅伯——牠的腳印總是很容易辨識。一匹普通的狼腳印大約長十公分左右，體型較大的狼腳印則是十二公分，但羅伯的腳印被測量了許多遍，從爪子到腳跟的長度是十四公分。後來我發現牠的其他身體特徵與這四隻大腳很相稱，牠站立時肩高幾乎一公尺，體重接近七十公斤。因此，雖然牠的足跡會被追隨者的腳印掩蓋過去，但向來很容易追蹤。狼群很快就找到了我拖行內臟留下的痕跡，一如往常的開始追蹤。我看得出來羅伯走向第一塊誘餌、嗅了嗅，最後叼了起來。

我遮掩不住心中的興奮之情。「終於抓到牠了，」我高喊著，「再往前一公里就能找到牠僵硬的屍體了。」我策馬狂奔，用急切的雙眼緊盯著地上一個個大腳印。這串足跡將我引領到第二個誘餌的位

置，這個誘餌也不見了。我欣喜若狂——想必我已經毒死牠了，說不定還順帶毒死了狼群裡的其他幾匹狼。但在我拖曳內臟的痕跡上依然有大腳印在繼續前進，我踩著馬鐙站起身、掃視這片原野，卻沒有看到任何像是狼屍體的物體。我繼續跟著蹤跡走——第三個誘餌也不見了——狼王的足跡帶著我來到了第四個誘餌，我這時才發現牠根本沒有吃掉誘餌，只是用嘴叼著它們而已。牠把前三個誘餌堆在第四個誘餌上，接著對著這堆肉塊撒尿，藉此表示牠有多藐視我的陷阱。在這之後牠便不再追蹤內臟拖行的痕跡，帶著牠管理得井井有條的狼群去做牠們要做的事了。

這只是眾多失敗經驗中的一個例子而已，在多次鎩羽而歸後，我認知到毒藥是絕對無法消滅這名搶匪的，雖然在等待陷阱抵達的這段時間，我還是繼續使用毒藥，但那只是因為這個方法能殺掉許多草原狼和其他危害人類的野獸。

大約在這段期間，我觀察到一個能夠證明羅伯有多狡猾、多殘忍的事件。這群狼有時會單純為了娛樂而追趕獵物，牠們會把綿羊嚇得驚慌逃竄並殺掉牠們，但卻鮮少吃綿羊。一群綿羊的數量通常會是一千至三千隻，由一至數位牧羊人負責照顧。到了晚上，牠們會被趕到最安全的地方，還會有牧羊人睡在羊群的兩側，進一步保護牠們。綿羊是一種極其愚蠢的生物，牠們常被無關緊要的小事嚇得四處亂竄，但牠們有一個根深柢固的弱點，或許也是唯一一個弱點，那就是牠們會跟著領頭羊走。牧羊人便善用這一點，他們通常會把六隻山羊混進一群綿羊之中。綿羊很清楚這些長了鬍子的表親比牠們聰明多了，因此在夜間出現危險時，牠們會群聚到山羊身邊，通常這麼做之後，牠們就不會再到處亂跑了，牧羊人也比較容易保護牠們。但凡事總有例外。在去年十一月的深夜，兩名佩里科的牧羊人被狼群攻擊的騷動驚醒。他們的綿羊全都聚集在山羊身邊，而山羊既不是傻瓜也不是懦夫，牠們挺身而出，勇敢的反擊。但遺憾的是，主導這次攻擊的可不是普通的狼。被稱做「狼人」的老羅伯

和牧羊人都很清楚，山羊領導著這一整群羊的紀律，因此牠踩著聚在一起的綿羊的背部，迅速跑向羊群的領導者、猛力一撲，在短短數分鐘內就把山羊屠殺得一乾二淨，其他不幸的綿羊在轉瞬間開始往一千個不同的方向飛奔逃跑。在那之後連續好幾個星期，幾乎每天都會有焦慮的牧羊人跑來問我：「你有沒有看到走失的綿羊？」通常我都會回答有看到，有一天我回答：「有，我在鑽石泉附近看到五、六具羊屍體。」另一天我告訴對方我看到一小「串」羊在馬爾佩台地上奔跑，又或者我會再次回答：「沒有看到，但胡安．梅拉兩天前在蒙地山脈看到二十隻剛被殺死的羊。」

狼陷阱終於送到了，我花了一整個星期，和兩個男人一起設置陷阱。我們不遺餘力的認真工作，用上了所有我想像得到、可能會增加成功機率

的方法。在陷阱送來的第二天，我騎馬繞了一圈、察看狀況，很快就找到了羅伯在陷阱之間走動的足跡。我能從塵土中看出牠那天晚上做了什麼事。牠在一片黑暗中疾行，雖然我們已經用最謹慎的方式把陷阱藏起來了，但牠還是立刻就找到了第一個陷阱。牠要狼群停止前進，並獨自小心翼翼的繞著圈子走，直到牠找到陷阱、鐵鍊和樹幹為止，接著在不觸發陷阱的狀況下清理掉掩蓋物，使陷阱完全暴露在視線之中，並以同樣的方式處置接下來遇到的十幾個陷阱。

我很快就注意到，羅伯一偵測到路上有可疑的跡象，就會立刻轉往旁邊走，於是我馬上想出了一個智取牠的新計畫。我把陷阱設置成「H」的形狀：我在H的左右兩條直線上設下好幾個陷阱，又在H的橫槓中央設下一個。沒過多久，我又再次嚐到了失敗的滋味。羅伯沿著我的蹤跡向前疾行，在走近H的左右兩條直線之後，發現了中央的單獨陷阱，並且及時停了下來，我不清楚牠為什麼會知道，以及是如何知道的，野生動物的守護天使當時想必跟在牠身邊，總而言之，牠沒有向左方或右方轉動半公分，而是謹慎又緩慢的沿著自己的足跡往後退，牠倒

▲羅伯發現陷阱。

退的每一步都精準的放在原本的爪印上，直到遠離了危險的範圍為止。接著牠往側邊走，用後腿踢起許多土塊和石頭，觸發這裡的每一個陷阱。在面對之後的陷阱時，牠統統如法炮製，雖然我多次變換方法，並在處理陷阱時加倍謹慎，但牠從來沒有被我騙倒過，牠的判斷能力似乎毫無瑕疵。若不是牠的狼群中有一位不幸的盟友，說不定牠直到現在還可以繼續牠的掠奪大業，但這位盟友毀了牠，使牠像那些英雄一樣在孤身一人時無法被打敗，最後卻因為忠誠友人的魯莽行事只能走向殞落。

▲羅伯與布蘭卡

3 自王位跌落的君王

我發現了一、兩種徵兆，顯示科倫坡狼群的狀況好像不太對。我察覺狼群出現了不服從的跡象，例如有一次，我看到了明顯的足跡，有一串比較小的腳印好幾次越過狼王、走到前方，我一直想不通這是怎麼回事，直到一位牛仔說的話解釋了這個現象。

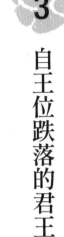

「我今天看到牠們了，」他說，「失控跑到前面的狼是布蘭卡。」我恍然大悟，接著說：「啊，我就知道布蘭卡是匹母狼，要是一匹公狼這麼做，羅伯早就當場殺死牠了。」

這代表我又能擬定新計畫了。我殺掉一頭小母牛，在牠的屍體周圍設下了一、兩個十分明顯的陷阱。接著我把毫無價值的牛頭砍下來，以不會吸引狼群注意的方式放到稍遠一點的地方，在周圍布置六個已去除氣味的強大鋼製陷阱，再無比審慎的把它們隱藏起來。在我設置陷阱的期間，我在雙手、靴子和工具上都塗滿了鮮血，之後又把血灑在地上，弄得好像是從頭顱裡流出來的血一樣。把陷阱埋進土裡之後，我用郊狼的毛皮把地板刷過一遍，再用郊狼的腳掌在陷阱上製造出一連串的足跡。就這麼設置好牛頭之後，我在牛頭與旁邊的草叢之間留了一條窄窄的通道，並在這條通道上埋了兩個最好的陷阱、把陷阱固定在牛頭上。

依照狼的習性，一旦發現屍體，牠們就一定要靠過去仔細察看，就算沒有打算要吃也一樣，而我希望這樣的習性能吸引科倫坡狼群踏入我新想出來的詭計中。我知道羅伯必定會察覺到我在肉上動的手腳，並阻止狼群靠近，但我還是對牛頭懷抱著一絲希望，因為我把牛頭布置得像是因為沒有用處而被丟到一旁的東西。

隔天早上，我騎馬前去察看那些陷阱，啊，太棒啦！狼群的蹤跡顯示牠們的確來過這附近，而原本放著牛頭和陷阱的地方現在空空如也。我匆匆審視了狼

的足跡，顯然羅伯阻止了狼群靠近牛屍體，但有一隻體型比較小的狼顯然脫了隊想去察看一旁的牛頭，因此直接踩中一個陷阱。

我們沿著足跡前進，不到一公里就發現那匹倒楣的狼正是布蘭卡。雖然牠被那顆重達二十公斤的牛頭拖慢了速度，但還是一看到我們就迅速往前跑，很快就拉開了和我們這些徒步前進的人類之間的距離。但在牠來到岩石區後，我們便趕上了牠，因為牛頭的角被卡住了，牠再也無法前進。牠是我見過最美麗的一匹狼。牠的毛皮狀態完美，幾乎從頭到尾都是白色的。

牠轉過身來準備戰鬥，發出呼喚同族的高聲嚎叫，

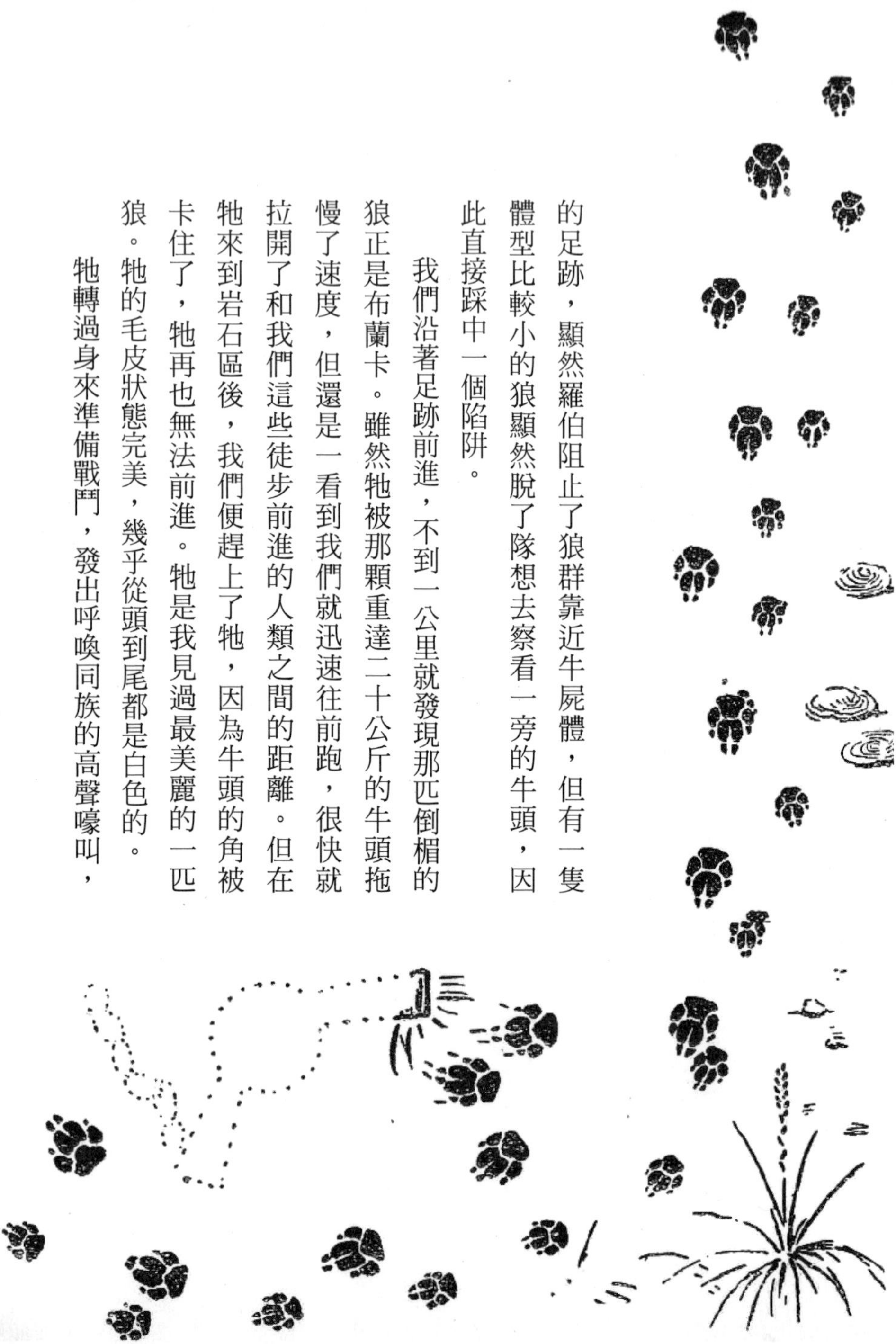

整座山谷都迴盪著牠綿長的狼嚎。遙遠的台地上傳來一陣低沉的回應，那是老羅伯的叫聲。這是布蘭卡最後一次放聲高喊了，因為我們靠得很近，牠只能全心全意與我們奮戰。

接著發生的是一場不可避免的悲劇，當下我還不這麼覺得，但往後我總是會盡量不去回想當時的場景。我們紛紛往這匹難逃一死的狼的脖子上丟出套索，策馬往反方向拉扯繩子，直到牠的嘴裡噴出鮮血、眼睛失去神采且四肢僵直，最後無力的倒在地上為止。我們帶著狼屍體往家的方向前進，這是人類第一次致命的重創科倫坡狼群，因此我們全都欣喜若狂。

在這樁悲劇發生的期間以及騎著馬返家的路上，我們都聽見了羅伯在遠處台地上徘徊時的吼叫聲，聽起來似乎在尋找布蘭卡。

牠並沒有真正拋棄布蘭卡，但是也知道自己救不了牠，在看到我們靠近時，牠仍無法戰勝自己對槍枝根深柢固的恐懼。那一整天我們不斷聽到牠在四處尋找的途中發出的嚎叫，最後我對其中一個男孩說：「現在我能確定布蘭卡真的是牠的伴侶了。」

傍晚降臨時，牠的聲音愈來愈近，似乎正往我們住的峽谷靠近。

現在牠的聲音之中帶有一股明顯的悲傷。牠發出的不再是響亮而挑釁的吼叫，而是綿長又悲慟的哭喊，似乎在呼喊著：「布蘭卡！布蘭卡！」到了晚上，我注意到牠逐漸接近我們抓住布蘭卡的地點。最後牠終於找到了我們的蹤跡，抵達我們殺掉布蘭卡的地點時，牠發出了一聲令人心生憐憫的心碎哀鳴。那陣叫聲遠比我所能想像的任何狼嚎更加哀傷。就連向來無動於衷的牛仔們也注意到了這件事，他們說：「以前從來沒有聽過狼發出這種聲音。」當時布蘭卡的血染紅了牠死去的地點，所以羅伯似乎很清楚發生了什麼事。

接著牠循著馬的足跡來到了牧場的平房前。我不知道牠的目的是希望能找到布蘭卡，還是想要復仇，總而言之，這兩個目標之中，牠成功達成了後者，因為牠抵達時，驚訝的發現我們不幸的看門狗還在門外，便在距離門口不到五十公尺的位置把狗碎屍萬段。

牠這次顯然是獨自前來的，因為隔天早上我只發現一匹狼的腳印，而且牠急速趕過來的足跡顯得非常魯莽，牠很少出現這種狀況。我本來就預期牠可能會有這種轉變，便在牧場中另外多設置了好幾個陷阱。後來我發現，牠的確踩中了其中一個陷阱，但牠的力氣實在太大，竟然直接用蠻力掙脫，把陷阱丟到一旁。

我相信牠會繼續在附近徘徊，直到找到布蘭卡的屍體為止，所以我集中精神，希望能在牠離開這附近與擺脫魯莽情緒之前抓住牠。接著我發現殺掉布蘭卡是一個天大的錯誤，如果把布蘭卡當作活誘餌，說不定隔天晚上我就能抓住羅伯了。

我把所有能拿到手的陷阱收集起來，其中有一百三十個非常強大的鋼製狼陷阱，我在通往峽谷的每一條路上各設置四個陷阱，每個陷阱分別緊緊固定在一根樹幹上，並將樹幹埋在土裡。埋這些木頭時，我小心翼翼的把被挖起來的原生草皮和每一粒塵土都放進籃子裡，因此把土填回去之後，肉眼完全看不出有被人類動過的任何痕跡。把陷阱都藏好之後，我都會在附近用可憐的布蘭卡的屍體留下蹤跡，又在牧場周圍拖著屍體繞一圈，最後切下牠的一隻腳掌，在每個陷阱上留下一行足跡。我用了所有已知的措施與方法，直到很晚才上床等待結果。

那天晚上，我好像聽到了老羅伯的聲音，但又無法確定。隔天我騎著馬繞了一圈，但還來不及繞到峽谷北邊，天色就暗了下來，這天沒有什麼結果。晚餐時，一位牛仔說：「今天早上北邊峽谷的牛群起了很大的騷動，說不定那裡的陷阱有抓到東西。」隔天下午我前往他說的地點，逐漸靠近時便看見一團灰色的巨大物體站起身，耗費力氣試圖逃跑——站在我面前的正是科倫坡的君王羅伯，牠已被陷阱牢牢困住了。

這位可憐的老英雄一直沒有放棄尋找牠的愛人，牠一發現布蘭卡的蹤跡就立刻魯莽的跟著前進，也因此掉進了我特別為牠準備的陷阱之中。牠被四個鋼夾牢牢鉗住、躺在地上、無計可施，從牠周遭的足跡能看出來，牛群曾聚集在這名自王位跌落的君王面前盡情羞辱牠，不過牠們不敢靠近牠能觸及的範圍。牠在這裡躺了整整兩天兩夜，如今掙扎到筋疲力竭了。但當我靠近時，牠還是豎起鬃毛、站起身，最後一次扯開喉嚨、用低沉的嚎叫聲震撼整座峽谷，呼喚著召集牠的狼群、請求幫

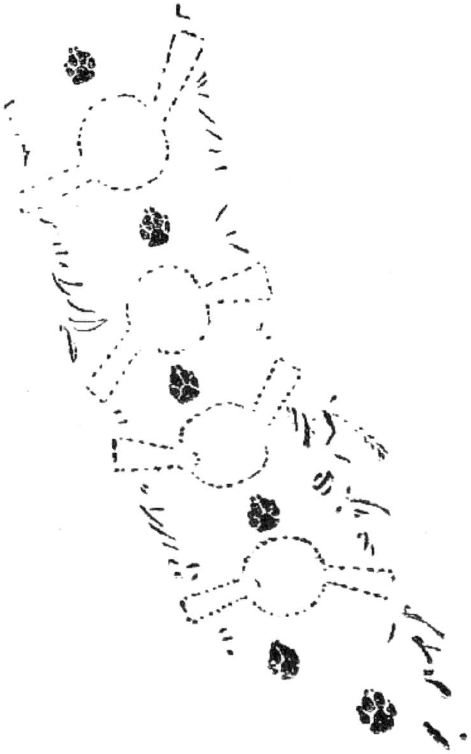

助。但沒有任何狼回應牠，牠在這樣的絕境中被單獨拋下了，牠用盡全身的力量扭動身體，絕望的向我奮力一撲。但這一切都只是徒勞，每個陷阱都緊緊固定在大約一百五十公斤的重物上，這四個巨大的鋼夾毫不留情的牢牢鉗住了羅伯的四隻腳，沉重的樹幹和鐵鍊全都纏繞在一起，牠陷入了窮途末路。直至今日，那些殘酷的鐵鍊上還殘留著牠巨大白牙啃咬過的痕跡，在我冒險用步槍槍管碰觸牠時，牠在槍管留下的齒痕到現在仍在那裡。牠眼中閃爍著憤恨的綠光，在試著撲向我和瑟瑟發抖的馬時，牠也試圖咬我們，下顎發出空洞的「咔咔」聲。但飢餓、掙扎和失血使牠心力交瘁，牠很快就疲憊的趴回地面。

在我準備要把許多人因牠而遭受的痛苦加諸在牠身上時，我的心中出現了一種像是愧疚的情緒。

「偉大的亡命之徒啊，目無法紀的數千名劫匪心中的英雄啊，再過幾分鐘，你就要成為一團腐肉了。我們沒有別條路能走了。」我把套索向下揮舞，往牠的頭上甩去。但事情沒有那麼容易，牠不打算就此順服於人類，在柔韌的線圈套上牠的脖子之前，牠一口叼住了繩結，猛力一咬就把粗壯結實的繩子給咬斷了，那兩截繩子落在牠的腳邊。

我當然帶著步槍，以此作為最後手段，但我不想破壞君主殿下的毛皮，所以策馬迅速趕回營區，帶著一名牛仔和一個新套索回來。我們把一根木頭丟向我們的受害者，牠立刻咬住了，在牠還來不及鬆口時，我們的套索就劃破空氣，緊緊套住了牠的脖子。

但就在牠眼中的怒火熄滅之前，我大喊道：「等等，先不要殺牠。把牠活捉回營地裡。」牠如今已疲困無力，我們輕而易舉的在牠口中放進一根粗樹枝，將它固定在獠牙後方，再用粗繩綁住牠的上下顎，同時也綁住那根樹枝。樹枝與繩索牢牢卡住，所以牠咬不了人。牠一感覺到上下顎被綁住之後就再也不反抗了，也沒有發出任何聲音，只是冷靜的看著我們，好像在說：「好吧，你們終於抓到我了，愛怎麼樣就怎麼樣吧。」在那之後，牠就再也沒有分神注意過我們了。

我們緊緊綁住牠的腳，但牠沒有發出任何呻吟或吼叫，也沒有轉動牠的頭。接著，我們兩個人用盡全力才勉強把牠搬到馬背上。牠的呼吸變得平緩，好像睡著了一樣，牠的雙眼再次變得明亮清澈，但視線並沒有落在我們身上。牠看向綿延起伏的台地，這是牠過去統領的疆域，牠曾領導的著名狼群如今四散於此。牠凝視著這片景色，直到馬匹沿著道路向下進入峽谷，岩石切穿了牠的視線。

我們緩慢前進，安全抵達牧場，替牠戴上項圈和結實的鐵鍊後，把牠綁在牧場裡，解開了繩子。

接著，我第一次近距離觀察羅伯，證明了那些與活生生的英雄或暴君相關的謠言有多不可信。牠的脖子上沒有一圈金黃色的毛皮，肩膀上也沒有因為和撒旦結盟而留下的倒十字標記。但牠的後腿上的確有一個巨大的疤痕，據說那是譚納瑞獵狼犬的領袖朱諾留下的咬傷——牠在最後一刻留下了這道疤，接著便在峽谷的沙地中被羅伯咬死了。

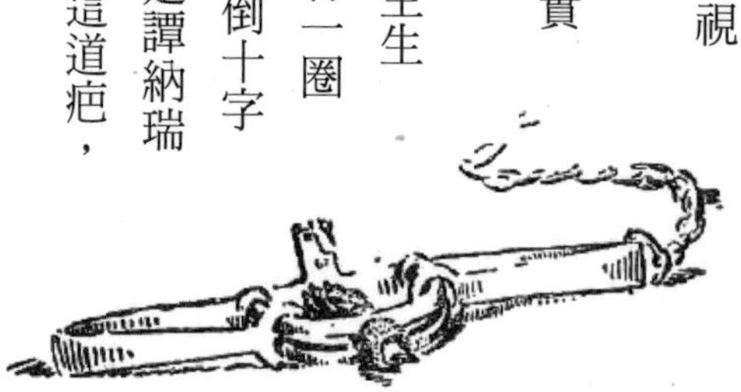

我在牠身邊放了肉和水，但牠絲毫不以為意。牠平靜的趴在地上，用那雙堅定的黃色眼睛凝視前方，穿透了我、越過了峽谷口，看向開闊的平原——牠的平原——在我碰觸牠時，牠沒有移動任何一塊肌肉。太陽西沉時，牠依然堅定不移的凝望著草原。我以為牠會在夜晚降臨時呼喚牠的同伴，也做好了準備要迎接牠們，但牠在陷入絕境時就發出過召集的嚎叫了，沒有狼出現，牠永遠不會再呼喚牠們了。

據說若奪走獅子的力量、限制老鷹的自由、帶走白鴿的伴侶，牠們都會因為心碎而死，而又有誰能斷言這名殘忍的匪徒能否不為所動的承受三次巨大的打擊呢？我只知道朝陽升起時，牠依然用昨天平靜的姿勢趴在那裡，牠的軀體沒有受到其他傷害，但牠的靈魂已經離開了——老狼王死了。

我解開牠脖子上的鐵鍊，一名牛仔幫我把牠扛到擺放著布蘭卡屍體的小屋中。我們把牠放在布蘭卡身邊時，牛仔說：「好啦，你當初為了牠而來，現在終於能和牠再次相聚了。」

鋸齒耳

一隻棉尾兔的故事

西頓的話

鋸齒耳是一隻小棉尾兔的名字。這個名字來自牠在第一次冒險中獲得的印記：一隻被咬破、成了鋸齒狀的耳朵，這個印記跟隨牠一生。牠和媽媽住在奧利凡特溼地，我在那裡認識了牠們，接著用一百種不同方式蒐集許多真實事件的證據和片段，最後終於得以寫出這個故事。

那些不夠了解動物的人可能會覺得我把牠們擬人化了，但那些真正住在動物周遭、知道牠們生活方式與思考邏輯的人絕不會這麼想。

據我們所知，真正的兔子並不會說話，但牠們自有一套傳達想法的系統，能透過聲音、訊號、氣味、鬍鬚碰觸、動作與行為達到與說話相同的效果。請一定要記得，雖然在描述故事時，我把兔子的溝通方式轉換成了人的語言，但是我並沒有寫出任何牠們沒有傳達過的意思。

1 鋸齒狀耳朵的由來

一排排沼澤青草向下彎垂，遮掩住了鋸齒耳的媽媽藏起鋸齒耳的舒適小窩。媽媽用一些草料蓋在牠身上，離開前一如往常的告誡牠，無論遇到什麼事都要平趴在地上，不要說話。雖然媽媽替牠蓋好了棉被，但牠還很清醒，睜著一雙明亮的眼睛，觀察頭頂上那一方綠色的小小世界。藍松鴉和紅松鼠兩個惡名昭彰的小偷正大聲痛罵對方偷東西，鋸齒耳家的草叢一度成了牠們爭吵的中心；一隻黃鶯在距離牠鼻尖十五公分的地方捕捉了一隻藍蝴蝶；還有一隻紅黑相間的瓢蟲，輕巧的揮動牠多節的觸角，走了好長一段路、爬上一根草尖，接著又爬下了另一根草尖，然後穿越兔窩、爬過鋸齒耳的臉——但牠依然動

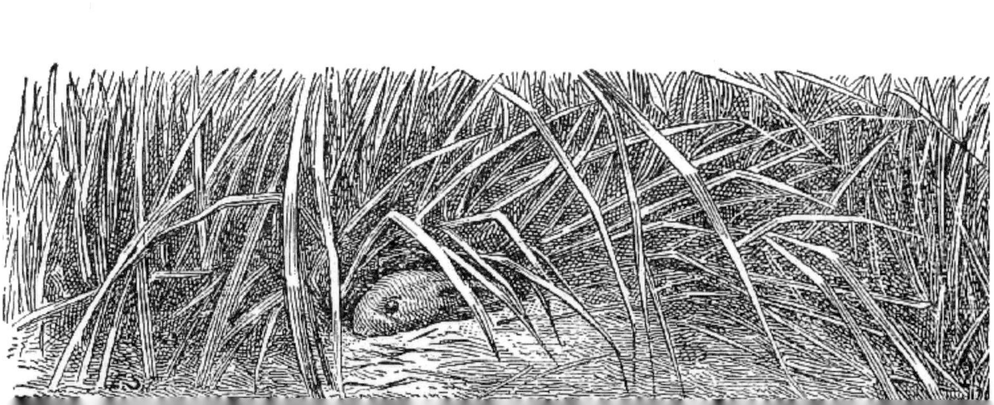

也不動，甚至連眼睛都不眨一下。

過了一陣子，牠聽到附近的矮林裡傳來一陣樹葉摩擦聲。那陣連續不斷的聲音聽起來很奇怪，雖然聲響不斷左右移動並且越靠越近，但並沒有伴隨著腳步聲。三週大的鋸齒耳這輩子都住在這個沼澤中，從來沒有聽過這種聲音，自然而然起了好奇心。媽媽警告過牠必須平趴在地上，但那是為了預防遇到危險，這陣奇怪的聲響沒有腳步聲，想必沒有什麼好害怕的。

輕緩的摩娑聲變得好近好近，接著往右邊移動了一點，又退了回去，好像就要離開了。鋸齒耳覺得牠很清楚自己在做什麼，牠已經不是兔寶寶了，必須負責弄清楚那是什麼聲音。牠用毛茸茸的小短腿慢慢撐起圓滾滾的身體，抬起又小又圓的頭往外探出去，偷偷看向樹林間。牠一移動，那陣聲音就消失了。牠什麼都沒有看到，為了看得更清楚，牠往前踏了一步，下一瞬間便發現自己和一隻碩大的黑蛇臉貼著臉。

「媽咪！」那隻怪獸向牠飛射過來的時候，牠害怕得放聲尖叫，運用那短小四肢中的所有力量試圖逃跑。但轉眼間，那隻蛇就咬住了牠的

▲「媽咪！」鋸齒耳害怕得放聲尖叫。

一隻耳朵，並用長長的身體纏住了鋸齒耳，同時幸災樂禍的觀察這隻即將成為盤中飧的無助小兔寶寶。

「媽——咪——媽——咪——！」可憐的小鋸齒耳氣喘吁吁的大叫，而那隻殘酷的怪獸則緩緩開始勒死牠。小兔子的哭喊聲就快要永遠消失了，但就在這時，媽咪如飛箭一般穿越森林、直直跳了過來。牠不再是膽小無助、隨時準備躲進陰影裡的小綿尾兔茉莉了，因為牠心中的母愛使牠變得強大。孩子的哭喊聲帶給牠英雄才有的滿腔勇氣——牠用力一跳，衝向那隻可怕的爬蟲動物。從大蛇身邊飛躍而過時，牠用銳利的後腳爪子朝著蛇的身體重重向下一蹬，「砰！」這一擊讓大蛇痛得蠕動了一下，憤怒的嘶嘶吐信。

「媽、咪。」小兔子無力的叫

著。媽咪用更凶猛、更強烈的力道一次次起跳並攻擊黑蛇，直到令人厭惡的爬蟲動物張開嘴、鬆開了小兔子的耳朵，想要在大兔子跳過來時咬牠。但牠每次都只咬到一嘴的毛，而茉莉凶猛的攻擊則開始有了效果，黑蛇布滿鱗片的鎧甲上出現了一條條長長的血痕。

蛇覺得現在的情勢對牠來說很不利，牠為了躲避下一波攻擊而撐起了身體，不再緊纏著兔寶寶不放。鋸齒耳立刻掙扎著爬出了環形的蛇身、衝進了灌木叢，牠氣喘吁吁、嚇得六神無主，不過除了左耳被可怕的大蛇用尖牙咬破成了鋸齒狀之外，牠毫髮無傷。

茉莉達成了目的。牠不打算為了榮耀或復仇繼續打鬥。牠跳進樹林間，小兔子則跟在牠那團像訊號燈一樣雪白的尾巴後面，兩隻兔子不斷奔跑，直到茉莉帶著牠來到沼澤中安全的角落為止。

▲鋸齒耳跟在茉莉那團像訊號燈一樣雪白的尾巴後面。

2 野薔薇叢的祕密

老奧利凡特溼地是一個地形崎嶇又長滿了荊棘的再生林，森林中央有一個溼軟的池塘和一條小溪。林間還殘存一些舊森林的痕跡，幾根古老的樹幹倒在其中，矮樹叢中也有一些枯木。池塘旁長滿了形似垂柳的莎草類植物，貓和馬都會避開這種地方，不過牛群並不感到害怕。乾燥的地區長滿了荊棘叢與小樹。溼地外圍連接著平原，這圈外圍地帶有枝葉繁密又會分泌樹膠的松樹，充滿活力的針葉在空中擺盪，而死去的針葉則在落地後散發出濃郁的氣味，鑽進路過生物的鼻腔裡，而對那些未來會和松樹競爭這塊微不足道的荒地的其他樹苗來說，這種味道是致命毒藥。

溼地森林周圍是一整片平坦寬闊的平原，唯一曾經穿越這片平原並留下足跡的，只有一隻住在附近的野生動物，那是極為邪惡又不擇手段的狐狸。

溼地的主要居民是茉莉和鋸齒耳。最接近牠們的鄰居也相隔非常遙遠，而與牠們血緣最近的親戚已經死了。溼地是牠們的家，牠們住在一起，鋸齒耳在這裡接受訓練，正是這些訓練使牠過上成功的一生。

茉莉是一位優秀的母親，牠教養孩子時非常謹慎。鋸齒耳學會的第一堂課就是平趴在地上，不要發出聲音。那一次遇見蛇的經驗使牠理解了這堂課蘊含的智慧。鋸齒耳再也沒有忘記這個教訓，在這之後，牠總是遵照媽媽的教導，因此之後的學習都十分順利。

牠學到的第二課是「停住別動」。這是從第一課延伸而來的，鋸齒耳才剛能夠跑，就馬上學會了這堂課。

「停住別動」很簡單，只要什麼事都別做，變成一座雕像就行了。只要訓練有素的棉尾兔發現附近有敵人，無論當時正在做什麼，都會瞬間靜止、停下所有動作，因為樹林間的生物通常都和周圍環境顏色相同，只有在移動的時候才會被注意到。所以，巧遇敵人時，最先發現有

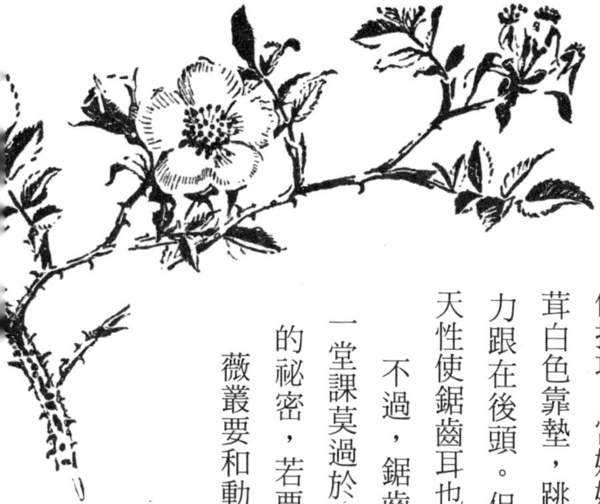

其他生物的那一方便可以靠著「停住別動」來隱藏自己，優先決定何時要攻擊或逃跑。只有住在樹林裡的生物才知道「停住別動」有多重要，所有野生動物和獵人都應該學會這一堂課。

雖然樹林裡的生物都把這一堂課學得很好，但沒有任何一隻動物比茉莉更擅長「停住別動」。茉莉用實際行動教會鋸齒耳這個技巧。當媽媽露出總是隨身攜帶、可以坐在屁股下的毛茸茸白色靠墊，跳動著穿越樹林時，鋸齒耳自然而然的用盡全力跟在後頭。但當茉莉突然「停住不動」時，喜歡模仿的天性使鋸齒耳也跟著「停住不動」。

不過，鋸齒耳從媽媽那邊學到的所有課程中，最棒的一堂課莫過於「野薔薇叢的祕密」了。這是一個非常古老的祕密，若要了解這個祕密，首先必須了解為什麼野薔薇叢要和動物們吵架。

很久很久以前，野薔薇叢是沒有帶刺的。但松鼠和老鼠都會爬上花叢，牛群會用頭上的犄角撞壞花叢，負鼠會用長尾巴折斷花叢，鹿則會用堅硬的蹄踩爛花叢。所以，為了保護野薔薇，野薔薇叢用尖刺武裝自己，並宣布要和所有會爬樹、有犄角、有蹄和有長尾巴的生物永久開戰。從此再也沒有動物會去驚擾野薔薇叢，只有不會爬樹、沒有犄角、沒有蹄又只有一點點尾巴的棉尾兔茉莉可以靠近它。

事實上，棉尾兔從來沒有傷害過任何野薔薇，因此豎立了眾多敵人的野薔薇和兔子建立了特殊的友誼，每當可憐的小兔子遇到危險時，就會往最近的野薔薇叢飛奔過去，而花叢也準備好一百萬根銳利的毒刺可以保護小兔子。

鋸齒耳向媽媽學到的祕密就是：「野薔薇叢是你最好的朋友。」在那一季，牠們花了許多時間認識地形以及刺藤和野薔薇組成的迷宮。鋸齒耳把這一堂課學得非常好，好到可以用兩條完全不同的路徑穿越沼澤，而且從不離開野薔薇叢超過五次跳躍的距離。

在沒多久之前，棉尾兔的敵人厭惡的發現人類帶來了一種新的刺藤，在這片鄉村土地中種植了好幾排這種新植物。這種刺藤強壯到沒有任何生物能撞壞它，尖銳到就算最堅硬的肌膚也會被刺傷。它們每年愈長愈多，也對野生動物造成愈來愈大的困擾。但是棉尾兔茉莉不怕它。在野薔薇叢中長大讓牠學會了很多技巧。狗和狐狸、牛和羊，甚至人類自己都會被這些可怕的尖刺割傷；但是茉莉熟悉這種尖刺，牠在新刺藤底下自在生活，成長茁壯。這種刺藤擴散得愈廣，這片土地對棉尾兔來說就愈安全。而這種嚇人的新刺藤就叫作「帶刺鐵絲網」。

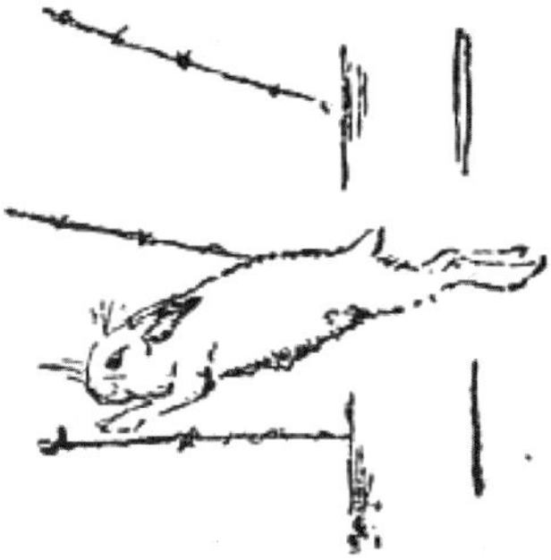

3 棉尾兔的生存技巧

茉莉不用看顧其他小孩，所以鋸齒耳獲得牠全心全意的照顧。鋸齒耳的速度、才智和力氣都異常傑出，而且總是能遇上不尋常的好機會，所以牠長得非常好。

茉莉花了一整個季節教導鋸齒耳關於尋找蹤跡的訣竅、該吃什麼、該喝什麼還有不該碰什麼。牠日復一日的努力訓練牠，一點一滴的教導牠，把人生中或兒時訓練中學到的數百個概念全都塞進了鋸齒耳的腦海中，鋸齒耳因此獲得了兔子一族所需要的所有生存技巧。

在長滿三葉草的田野或灌木叢中，牠坐在茉莉身邊，學著牠抖動鼻子以「保持靈敏的嗅覺」，接過牠嘴裡的食物或嗅聞牠的嘴唇，以確保自己吃的食物跟媽媽一樣。牠藉由模仿學會了用腳爪梳理耳朵、清理毛

皮，並從胸口和腳掌中咬出帶刺的種子。牠也學會了最適合兔子飲用的水莫過於野薔薇上的清澈露珠，因為水一旦碰到地面就一定會受到汙染。牠就這麼開始研究世上最古老的一門學問——森林知識。

在鋸齒耳長大到能夠獨自外出後，媽媽開始教導牠如何傳遞訊號。兔子能靠著用後腿蹬地面來傳遞訊號給其他兔子。這種訊號能順著地面傳遞到很遠的地方，若你的耳朵距離地面將近一百八十公分遠，便只能聽見二十公分之內的兔子蹬地聲，但若你把耳朵貼近地面，那麼就連九十公尺之外的蹬地聲，你都能清楚的聽見。兔子的聽覺極為敏銳，所以牠們可以在接近兩百公尺的距離聽見同樣的蹬地聲，這段距離就足以從奧利凡特溼地的這一邊傳到另一邊了。蹬一下代表「小心」或「停住別動」。慢慢的蹬兩下代表「過來」。迅速的蹬兩下代表「危險」，而迅速的蹬三下代表「為了親愛的生命，快逃跑吧」。

這天天氣晴朗，藍松鴉正彼此爭吵著，這是附近沒有危險敵人的徵兆，鋸齒耳開始學習新知識。茉莉壓低耳朵，用肢體語言要鋸齒耳蹲下。接著牠在樹叢中跑了好遠的距離，再以蹬地傳送「過來」的訊號。鋸齒耳迅速跑到了訊號的來源地，但卻沒有找到茉莉。牠蹬地，但是沒有得到回應。牠小心翼翼的四處探索，找到了茉莉的腳的氣味，並努力追蹤這個所有野獸都十分了解，但是人類完全不懂的奇怪線索，最後找到了茉莉躲藏的地點。牠透過這個方式學到了「追蹤」的第一堂課，而牠們玩的捉迷藏就是課程內容，未來面對可怕的追逐時，牠將會用上這些知識。

在第一季課程結束之前，牠便學會了兔子生存所需的所有基本技巧，從牠遇到問題時的表現能看出，牠顯然是個名副其實的天才。

牠是「偽裝」、「躲避」和「蹲下」的專家，牠能假裝成「樹樁」，也懂得如何「左右跳」、「轉彎」和「倒退」，牠的技術高超到幾乎不需要使用其他技巧。牠還沒有試過「帶刺鐵絲網」這種聰明兔子

專用的新花招，但牠很清楚該如何執行，也特別研究過能夠揚起各種味道的「塵土」，並且精通「頂替」、「防衛」和「迴轉」；牠擅長的另一個技巧是「進洞」，這個技巧需要比較長時間的注意力。不過，牠從來沒有忘記過所有聰明伎倆的源頭——「躺平」，以及唯一一個絕對安全的把戲——「野薔薇叢」。

牠學會了各種敵人出現時會有的徵兆，以及避開牠們的各種方法。老鷹、貓頭鷹、狐狸、獵犬、野狗、貂、黃鼠狼、貓、臭鼬、浣熊，還有——人類，牠們各有不同的狩獵方法，牠學會了如何用不同的應對之道對付每一種邪惡的敵人。

牠學到了在觀察是否有敵人靠近時，首先要依賴牠自己和媽媽，接著要依賴藍松鴉。「絕對不要忽視藍松鴉的警告。」茉莉說，「雖然牠常常惡作劇和搗蛋，又是個小偷，但是沒有任何事物可以逃過牠的觀察。牠有可能傷害我們，但是幸好野薔薇叢讓牠無法那麼做，而牠的敵人就是我們的敵人，所以注意牠對你有好處。如果聽到啄木鳥發出警告，你應該要相信牠，因為牠很誠實，但和藍松鴉比較起來，啄木鳥簡直是個傻瓜。雖然藍松鴉常常為了惡作劇而說謊，但當牠帶來噩耗時，你絕對可以相信牠。」

「帶刺鐵絲網」這個花招需要集中精神以及跑得飛快的腿。鋸齒耳等了好久才敢施行帶刺鐵絲網，但當牠有了充足的力氣之後，這就變成了牠最喜歡的一個把戲。

「對於那些做得到的兔子來說，這是個很不錯的招數。」茉莉說。「首先，你要領著狗直直往前跑，過程中要讓牠覺得好像快要抓到你了，讓牠暖暖身。接著，你必須和牠保持一個跳躍的距離，引導牠沿著非常陡的斜坡往下跑，讓牠衝向斜坡上及胸的帶刺鐵絲網。我看過很多狗和狐狸因此殘廢，還看過一隻大獵犬當場死亡。但我也看過許多兔子在嘗試這套把戲時賠上性命。」

鋸齒耳很早就學會了某些兔子可能永遠也學不會的知識——雖然「鑽洞」似乎很棒，但事實並非如此。對於聰明的兔子來說，「鑽洞」或許是個安全的計謀，但遲早會成為笨兔子的死亡陷阱。年輕的兔子總

鋸齒耳用奇怪的姿勢伸展身體。

是第一個想到這個技能，但老兔子則會在其他方法都失敗後，才使用「鑽洞」。「鑽洞」代表你可以逃離人類、狗、狐狸或鳥，但如果敵人是白鼬、貂、臭鼬或黃鼠狼，你會小命不保。

溼地裡只有兩個地洞。溼地南端有一座乾燥又有遮蔽物的小土丘，叫作「陽光山丘」。這座山丘地形平緩，太陽會照射在斜坡上，天氣放晴時，棉尾兔會在那裡做日光浴。牠們會在芬芳的松樹針葉和冬青木之間，用貓咪一樣的奇怪姿勢伸展身體、緩緩滾動，好像希望能把全身上下的肉都用陽光烤熟一樣。接著牠們會眨眼跟喘氣，宛如極度痛苦般蠕動身體，但這其實是牠們最享受的一項樂趣。

在山丘頂端有一個巨大的松木樹墩。許多奇形怪狀的扭曲樹根從黃色的土壤露了出來，看起

來就像許多條龍用龍爪保護著樹樁。樹樁底下有一個洞，這個洞是好久好久以前一隻壞脾氣的老土撥鼠挖出來的。

這隻老土撥鼠隨著年紀漸長，變得愈來愈刻薄、愈來愈愛生氣，有一天，牠決定再也不躲進洞穴裡了，便站在洞口跟奧利凡特的狗大吵了一架，於是過了一個小時，棉尾兔茉莉占據了這個洞穴。

後來，一隻獨立的年輕臭鼬厚顏無恥的搶走了松木墩底下的洞穴，要不是牠自信過了頭，或許還會占據這裡更久一點——牠自以為就連拿著槍的人類也會在看到牠時嚇得逃走。因此，茉莉被牠趕走的時間並不長，牠就像某任希伯來國王，只統治這個國度七天的時間。

另一個洞穴位於三葉草田野旁的蕨類樹叢中。這是一個又小又潮濕的洞穴，唯有在最後撤退時會派上用場。這個洞穴同樣是一隻土撥鼠的傑作，牠是個友善又好心的鄰居，但牠的年紀很輕且行事草率，最後牠的毛皮變成了奧利凡特工作團隊的馬鞭，如今被用來訓練馬匹更賣力的工作。

「這樣很公平，」老男人說，「因為牠偷吃我們團隊的食物，才長出了這塊毛皮，而那些食物本來就是要用來讓我們的馬更賣力工作。」

棉尾兔如今成了這兩個洞穴的主人，牠們只有在無計可施時才會靠近洞穴，以免踩出通往洞口的路徑，這種路徑會讓牠們最後的撤退手段以失敗告終。溼地裡還有一株中空的山核桃樹，雖然這棵樹幾乎快倒了，但依然長著綠葉，最大的優點是有兩個出入口。有很長一段時間，這裡是一隻獨居的老浣熊洛特的家，表面上，牠似乎只會獵捕青蛙，而且牠就像以前的修道士，應該避免吃鮮肉。但有些動物暗自懷疑，這隻老浣熊只要有機會就會吃兔子。在某個漆黑的夜晚，牠去奧利凡特的雞

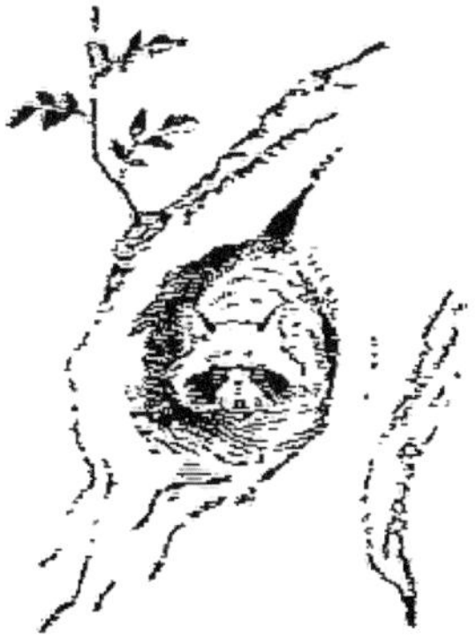

舍偷東西時被殺掉了，茉莉絲毫不感到遺憾，反而鬆了好大一口氣，最後牠們占據了老浣熊的舒適巢穴。

4 危機四伏的奧利凡特溼地

這天早上，明亮的八月陽光傾瀉在溼地中。萬事萬物似乎都沉浸在溫暖的熱氣裡。一隻棕色的溼地小燕子停在池塘的蘆葦上搖搖擺擺。牠身下是一片開闊的濁水，水面上散落著一些天空的碎片，和黃色的浮萍交織成了一幅精緻優美的鑲嵌畫作，中央點綴著零星的小鳥倒影。河岸後面長了一大片金綠相間的茂密金蓮草，在棕色的溼地草叢上灑落幽暗的陰影。

溼地麻雀的雙眼並不是用來觀賞這些鮮豔美景的，但牠能看到我們可能會錯過的事物：在寬大的金蓮草葉下方有無數個茂密的棕色團塊，其中有兩隻毛茸茸的生物，牠們的鼻子不斷上下聳動，其他部位則完全靜止。

牠們正是茉莉和鋸齒耳。牠們之所以在金蓮草下伸展身體，並不是因為牠們喜歡金蓮草的惡臭味，而是因為有翅的蝨子受不了這種味道，會因此從牠們身上逃走。

兔子沒有特定的上課時間，牠們無時無刻都在學習，課程內容取決於當下遇到的危機，而這些危機總是毫無預警的出現。牠們是為了休息而來，但沒多久，向來最警覺的藍松鴉就發出了警戒的叫聲，茉莉立刻聳動鼻子、豎起耳朵並將尾巴緊緊縮在背上。奧利凡特那隻黑白相間的大狗出現在溼地的另一頭，正直直朝牠們跑來。

「好了，」茉莉說，「蹲好喔，我要去引開那個傻瓜。」牠往那隻大狗跑去，毫不畏懼的迅速穿越大狗前進的路線。

「汪、汪、汪！」牠撲向茉莉時發出高聲咆哮，但茉莉一直保持在牠抓不到的距離，領著牠迅速跑進數百根尖刺的深處，直到牠柔軟的耳朵被劃破，又引導牠往一片被藏起來的有刺鐵絲網奮力一撲，牠傷得好嚴重，只能一邊痛苦的哀嚎，一邊往家裡跑去。

為了避免狗又回過頭來追牠，茉莉急速的迴轉、繞圈又轉向，之後

才回去找鋸齒耳，這時鋸齒耳早已急切的用後腿直立了起來、伸長脖子，想要看清楚追逐的場景。

茉莉因為鋸齒耳不聽話而勃然大怒，牠用後腳用力踢鋸齒耳，讓牠因此向後跌倒、掉進泥濘裡。

一天，牠們在三葉草田野旁邊吃東西時，一隻紅尾鷹朝牠們俯衝下來。茉莉踢起後腿嘲笑對方，然後跳進了牠們常用路徑上的一叢野薔薇裡，紅尾鷹自然沒辦法跟進去。這是牠們從溪邊灌木前往煙囪樹枝堆的主要道路。路上長了幾條爬藤植物，茉莉一邊注意紅尾鷹，一邊咬斷這些植物。鋸齒耳觀察媽媽的動作片刻，接著跑到前面，咬斷更多長在路上的植物。「就是這樣，」茉莉說，「道路要保持乾淨，你會常常用到這些道路。不用太寬，但要乾淨。把路上所有長得像爬藤植物的東西都咬斷，然後到某天，你會清掉一個圈套。」

「一個什麼？」鋸齒耳一邊問，一邊用左後腿抓了抓右耳。

「圈套就是長得像爬藤植物的東西，但是圈套不會長大，而且比全世界所有老鷹還要糟糕。」茉莉說，牠看向在不遠處飛翔的紅尾鷹，「因為圈套無論白天或晚上，都會藏在你奔跑的路線上，一逮到機會就把你抓起來。」

「我才不相信那種東西能抓住我。」鋸齒耳說，牠帶著年輕兔子特有的驕傲用後腿直立起來，對著光滑的小樹高高抬頭，磨蹭自己的下巴和鬍鬚。鋸齒耳沒有注意到自己的這些舉動，但媽媽看得出來這是一種徵兆，就像人類男孩變聲那樣的徵兆，牠的孩子不再是小寶寶了，很快的，牠就是成年的棉尾兔了。

5 流水的魔法

流水中有一種魔法。有誰會不知道這種魔法呢？又有誰未曾感受過這種魔法呢？鐵路建築工無所畏懼的在廣大的沼澤或湖裡，甚至海洋中建造堤岸，但只要有一丁點水流，就會抱著無比敬意去研究水流的願望與流向，並為它提供所有可能想要的東西。在沙漠中，乾渴的旅人看到長了莎草的池塘時，會害怕得退避三舍，直到在某個池塘中央發現一條窄而清澈的水流，微弱的流過池塘，當他知道這裡有持續流動的活水後，他才會滿心歡喜的喝下那些水。

這就是流水的魔力，沒有任何邪惡咒語能跨越它。湯姆·奧桑特（Tam o'Shanter）[1]證明了流水在緊急時刻是多麼有用。當森林裡的野生動物遇到死敵不知倦怠的追蹤氣味時，牠會知道自己受到了可怕的詛咒，大限已到。牠已經筋疲力竭，嘗試過所有花招卻都沒有用，直到善良的天使把牠帶到了水邊，看見流動的活水後，牠會立刻衝進水中，讓清涼的水流帶著牠前進，重獲所有力量——然後再次進入樹林裡。

流水中有一種魔法。獵犬來到流水前會猶豫的止步、左右徘徊，但這樣的停頓與尋覓都是徒勞。歡快的溪水打破了獵犬的追蹤咒語，讓野生動物繼續過牠們的生活。

這是鋸齒耳從媽媽那裡學到的重大祕密：「除了野薔薇叢外，水也是你的朋友。」

在八月一個炎熱潮溼的夜晚，茉莉帶著鋸齒耳穿越森林。牠放在尾巴下的棉白色靠墊在鋸齒耳面前不斷晃動，就像牠的指路明燈，不過一旦牠停下腳步、坐下來，顯眼的白色就會消失不見。在奔跑了幾次，又停下來傾聽幾次後，牠們來到了池塘邊緣。在牠們頭上的樹枝之間，雨蛙正歌唱著「睡吧、睡吧」；在一根沉進深水裡的樹幹上，一隻直到下巴都泡在冷涼池水中的牛蛙正唱著〈一罐蘭姆酒〉的讚美歌。

「好好跟著我。」茉莉說完後便「噗通」一聲跳進池塘裡，往中央那根沉木游去。鋸齒耳有點畏縮，但還是一頭栽進池塘裡，小聲喊了一聲「哎喲」，接著一邊喘氣、一邊快速抖動鼻子，學著媽媽的動作。牠做出在陸地上會做的動作，突然便開始往前移動，就此發現原來自己會游泳。牠不斷往前游，直到碰到沉木為止，接著手忙腳亂的爬上沉木，這時，媽媽已經溼淋淋的站在這段木頭比較高又沒有碰到水的那一端了，牠們身邊圍繞著一圈茂密的燈芯草，而水是擅長保密的朋友。在這晚之後，每當鋸齒耳在溫暖漆黑的夜晚發現春田的老狐狸在溼地中到處徘徊時，就會特別留意哪裡有牛蛙的聲音，若突然需要逃跑，就能知道哪個方向是安全的。從此之後，牛蛙唱的歌詞對牠來說就變成了：「過

1羅伯特·伯恩斯（Robert Burns）所做的詩〈湯姆·奧桑特〉中的主角，這首詩描述一名男子湯姆在黑夜中酒醉而歸，路途中遭到巫妖追趕，最後因巫妖不敢過河，湯姆才趕緊過橋、順利逃跑。

來、過來，遇到危險時就過來。」

這是鋸齒耳向媽媽學會的最新課程——這堂課可以說是碩士課程了，因為許多小兔子完全學不到這一堂課。

6 與獵犬騎兵的追逐戰

沒有任何野生動物是衰老而死的。牠們的生活遲早會落入悲劇性的結局。結局來到的早晚取決於牠們能對抗敵人多久的時間。但我們從鋸齒耳的一生可以驗證，一旦兔子度過了幼年時期，便能活過兔子的全盛時期，一直到生命的後三分之一才被殺死，這段後三分之一的衰退時期也就是老年期。

棉尾兔的敵人來自四面八方。牠們每天的生活就是一連串的逃亡。因為狗、狐狸、貓、臭鼬、浣熊、黃鼠狼、貂、蛇、老鷹、貓頭鷹、人類，甚至連昆蟲都在策劃著要殺掉牠們。牠們經歷了數百場冒險，每天至少會為了保命而飛快逃跑一次，運用腿和智慧拯救自己的性命。

來自春田的可怕狐狸曾經不止一次迫使牠們躲進水邊那些倒塌、帶刺的豬圈圍欄下面。但只要躲進去，牠們就可以優閒的看著狐狸為了抓牠們而不斷被鐵刺扎到腳。

曾有一、兩次，鋸齒耳在被獵犬追捕時，把對方引去和一隻幾乎跟狗一樣凶猛的臭鼬對峙。

牠也曾被獵人抓住過，那名獵人帶著一隻獵犬和一隻雪貂幫他狩獵。但鋸齒耳隔天幸運逃脫了，從此之後牠就更不信任地洞了。牠曾數次被貓追得跳進水裡，老鷹和貓頭鷹也獵捕牠好幾次，但在面對種種危險時，牠都有不同的方法可以安全應對。媽媽教牠躲避的原則，牠則進一步改良這些原則，在長大的同時發明了更多新方法。牠長得愈大、愈聰明，就愈不相信自己的腿，而只相信智慧才能帶牠脫離危險。

「騎兵」是附近一隻年輕獵犬的名字。牠的主人常為了訓練牠而讓牠追蹤棉尾兔的蹤跡。牠們每次追的幾乎都是鋸齒耳，因為這隻年輕的雄兔和獵犬與主人一樣享受追逐，牠們帶來的危險正好能為鋸齒耳的生活添加一點樂趣。牠會說：「喔，媽媽！那隻狗又來了，我今天一定要去跑一跑。」

「鋸齒耳，我的兒子啊，你太大膽了！」茉莉這樣回答。「我擔心你被獵捕的次數太頻繁了。」

「但是，媽媽，取笑那隻笨狗多麼好玩啊，而且對我來說也是很棒的訓練。如果牠追得太緊，我會蹬地，這樣妳就可以過來，在我第二次左右跳的時候頂替我了。」

牠出發之後，騎兵會嗅到牠的氣味、跟在後頭，直到鋸齒耳累了為止。接著，牠可能會蹬地來傳送求助訊號，讓茉莉應付這隻狗，也有可

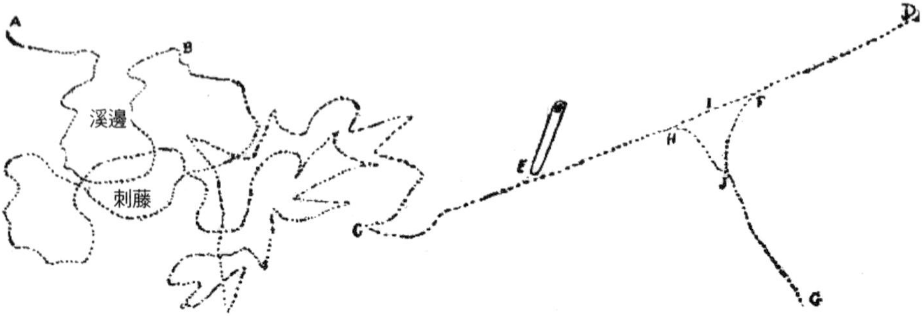

能會用一些聰明的伎倆靠自己擺脫那隻狗。接下來我會描述其中一次的追逐過程，讓讀者們知道鋸齒耳把森林知識學得多好。

鋸齒耳知道自己的氣味在靠近地面時最明顯，在體溫較高時最強烈。所以，如果能離開地面，躲開半個小時讓體溫下降，同時讓蹤跡變得模糊，牠就能安全擺脫獵犬。因此，每當牠厭倦了追逐，就會跑向溪邊的野薔薇叢，在那裡「左右跳」——也就是先往左跳，再往右跳——讓蹤跡變得非常曲折，導致獵犬必須為了找出正確的方向而在這裡耽擱好一段時間。接著，牠會直接跑向林中的D地點，途中用力一跳，跳上迎風樹幹上的E地點，抵達D地點時停下來，沿著先前的軌跡倒退到F地點，再從這裡往旁邊縱身一躍，跑向G地點。接著，牠會回到原本的路徑上跑向J地點，在那裡等待獵犬經過牠在I地點留下的蹤跡。接下來鋸齒耳再次回到H地點的舊路徑上，沿著先前的路線來到E地點，往側邊用力一跳阻斷氣味，跳到樹幹上之後，再往更高的地方爬去，最後坐下來，看起來就像是一塊凸起的樹幹。

騎兵在刺藤迷宮中浪費了很多時間，等到牠終於弄清楚方向時，氣味已經變得很微弱了。牠順著氣味來到D地點後，開始繞圈尋找氣味的走向，再次浪費許多時間後，牠發現兔子的蹤跡突然跑到了G地點。牠再次失去了氣味的方向，只能重新繞圈尋找。牠繞的圈子愈來愈大、愈來愈大，最後終於經過了鋸齒耳所坐的樹幹下。但在寒冷的天氣裡，冷卻的味道不太會往下飄散。鋸齒耳半點都沒有移動，連眼睛也沒有眨一下，獵犬就這麼從牠腳下經過。

然後，狗又繞回來了。這次牠走到樹幹比較低的那一頭，停下來嗅聞。「沒錯，這很明顯是兔子的味道。」雖然這股味道太微弱了，牠還是跳上了樹幹。

巨大的獵犬開始沿著樹幹往上聞，這是考驗鋸齒耳的時刻，但牠的理智沒有拋棄牠，風的方向也對牠有利，牠下定決心要在騎兵往上聞到樹幹的中間點時立刻逃跑，但騎兵沒有走到樹幹的中間點。若今天追捕鋸齒耳的是土黃色的野狗，牠坐在那裡就一定會被看到，但獵犬不會看到牠，而且這裡的氣味似乎很淡了，所以騎兵跳下了樹幹，這一次是鋸齒耳贏了。

▲巨大的獵犬沿著樹幹往上聞。

7 陌生兔子的占領

鋸齒耳從來沒有見過媽媽之外的兔子。事實上，牠幾乎連想都沒有想過還會有別的兔子。牠現在和媽媽相聚的時間愈來愈少了，但牠不會感到孤獨，因為兔子並不渴望同伴。但十二月的某一天，就在牠鑽進山茱萸樹叢裡，打算要清理出一條新的道路前往西邊樹叢時，牠突然看到陽光山丘的天際線上出現了一隻陌生兔子的頭和耳朵。這隻新來的兔子好像對這個新發現的地點很滿意，很快就沿著屬於鋸齒耳的路線跳進了牠的溼地中。鋸齒耳心中突然充滿了一種全新的感受，這種憤怒與憎恨交雜的沸騰情感叫作「猜忌」。

陌生兔子停在鋸齒耳摩擦過的樹木前——鋸齒耳時常會用後腳直立起來，用下巴摩擦牠能觸及的最高位置。牠原本以為這麼做只是因為自己喜歡，但其實這是所有雄兔子都有的行為，目的有好幾個。摩擦能讓這株樹屬於這隻兔子，如此一來，其他兔子就會知道這塊溼地已經屬於一個兔子家庭，不能隨意占據。此外，摩擦還能讓下一隻到這裡的兔子透過氣味判斷，上次摩擦這株樹的兔子是不是熟人，而摩擦位置與地面

的距離則能顯示出這隻兔子有多高。

鋸齒耳厭惡的注意到，那隻新來的兔子比牠還要高一顆頭，是隻又大又健壯的雄兔。這是一種全新的體驗，鋸齒耳心中充滿了陌生的情緒。謀殺的幽魂溜進了牠的心中，牠咬牙切齒，往前跳到一片平滑堅硬的地面，慢慢蹬地：「蹬——蹬——蹬。」在兔子的訊號中，這代表了：「滾出我的溼地，否則就開戰。」

新來的兔子把耳朵豎成了V字形，牠坐起身數秒鐘，接著放下前腳，蹬地製造出更大聲、更強烈的訊號：「蹬——蹬——蹬。」

戰爭就此開打。

牠們往側邊急速小跑，來到彼此面前，兩隻兔子都想知道對方的狀態，不斷尋找能讓自己占上風的機會。陌生兔子是一隻滿身肌肉、又大、又重的雄兔，但牠在轉彎時腳步笨拙，連在低地時也無法跟上鋸齒耳，從這些小細節能看得出來，牠沒有多少聰明才智，只想靠著體重打贏。當牠終於靠近時，鋸齒耳怒火衝天的迎了過去。靠得夠近時，兩隻兔子一起高高跳起，用後腿出擊。「砰、砰」兩聲後，可憐的小鋸齒耳跌落地面。下一瞬間，陌生兔子的牙齒就落到了牠身上，鋸齒耳還來不及站起來就被咬了一口，掉了幾簇毛。但牠動作敏捷，很快就脫離了陌生兔子碰得到的範圍。牠再次衝刺，再次被擊倒然後被狠狠咬了一口。鋸齒耳完全不是這名敵人的對手，很快的，牠便不再想著贏，只希望能撿回一條小命。

雖然鋸齒耳受了傷，但還是飛快逃離了，陌生兔子全速追在後面，不斷往牠撲過去，想取走牠的命，也想把牠趕出這片牠所出生的溼地。鋸齒耳的腿很強壯，能敏捷的左右跳。強壯的陌生兔子又大又重，很快就放棄了追逐。這對可憐的鋸齒耳來說是很幸運的事，因為受傷和疲憊讓牠變得愈來愈僵硬了。從那天開始，鋸齒耳便受到了恐懼統治，過去受的訓練是用來對付貓頭鷹、狗、黃鼠狼、人類等生物，對於要如何應付另一隻兔子的追捕，鋸齒耳一無所知。牠只能平趴在地上，直到被發現後才開始拚命逃跑。

可憐的小茉莉也怕極了，牠沒辦法幫助鋸齒耳，只能四處躲藏。但大雄兔很快就找到牠了。牠嘗試逃跑，但如今牠沒有鋸齒耳那麼敏捷。

陌生兔子不打算殺茉莉，而是想和牠交配，但因為茉莉痛恨牠並且一直想要逃走，陌生兔子就強迫牠。牠日復一日的跟在茉莉身邊，讓茉莉焦慮又擔心，陌生兔子時常因為茉莉憎恨牠而感到憤怒，牠會把茉莉踢倒在地，一口又一口咬下滿嘴柔軟的毛皮，直到氣消之後，才會讓茉莉離開一小段時間。但牠一直以來的目的都是殺掉鋸齒耳，而鋸齒耳似乎不可能逃離牠的追殺。牠沒有其他溼地可以去，無論在哪裡休息，都必須隨時做好準備，要為了保住自己的性命立刻逃跑。每天，那隻強壯的陌生兔子都會偷偷溜到鋸齒耳睡覺的地方十幾次，但每次鋸齒耳都會警覺的發現、及時逃離。牠想逃跑，卻又不願意離開。牠的確靠著逃跑救回了自己的小命，但是，唉！這樣的人生真是太悲慘了。牠陷入絕望之中，每天都看著嬌小的媽媽被又打又咬，還要看著那個可恨又暴力的傢伙占據自己最喜歡的覓食地點、舒適的小窩，和花了這麼多心力才清理出來的通道，鋸齒耳簡直快要氣瘋了。牠悶悶不樂的意識到勝利者將獲得所有戰利品，這讓牠對陌生兔子產生了前所未有的恨意，簡直比狐狸或雪貂還要可恨。

這件事最後是如何收尾的呢？鋸齒耳因為不斷逃跑、持續警戒和糟糕的食物而欲振乏力，小茉莉長期遭受的迫害使牠的力氣與精神都逐漸崩潰。陌生兔子準備好要用全力一擊消滅可憐的鋸齒耳了，最後甚至墮落到犯下所有兔子心中最邪惡的罪刑。對於所有好兔子而言，無論有多痛恨一隻兔子，都會在共同敵人出現時忘掉過去的仇恨。但有一天，當一隻巨大的蒼鷹俯衝到溼地時，陌生兔子把自己藏得好好的，同時一次又一次把鋸齒耳趕到空地去。

蒼鷹有一、兩次差點就抓到鋸齒耳，但野薔薇叢救了牠一命，這時大雄兔因為自己也差點被抓走，才總算放棄這個計畫。鋸齒耳再次逃過一劫，但狀況一樣沒有改善。

隔天晚上，鋸齒耳下定決心要離開，如果可以也要帶著媽媽一起走，牠們要一起去探索世界、找新的家園，就在這個時候，牠聽到了獵犬老閃電的聲音，牠正在溼地外圍四處嗅聞、搜索，鋸齒耳斷然決定要進行一場孤注一擲的遊戲。鋸齒耳刻意經過獵犬的視線範圍，追逐戰很快就變得又快又猛烈。牠們繞了溼地三圈，直到鋸齒耳確定媽媽躲到了安全的地方，而牠的仇敵待在平常的巢穴裡之後，牠便直直跑向巢穴，從上方跳過，在經過大雄兔頭頂時，鋸齒耳用後腳蹬了牠一下。

「你這個可悲的蠢貨，我要殺了你！」陌生兔子大叫一聲後跳了起來，卻發現自己位在鋸齒耳和獵犬之間，牠不得不承接這場追逐戰的後續。

獵犬跟隨著味道直直向前奔跑，一路上熱切的咆哮。和兔子打架時，大雄兔的體重和體型都是很大的優勢，但現在卻成了致命的死因。

牠懂的伎倆不多，只會每隻小兔寶寶都知道的「迴轉」、「左右跳」和「鑽洞」。但追在後面的獵犬太近了，不能使用「迴轉」和「左右跳」，牠又不知道這附近哪裡有洞可以鑽。

這是一場直線前進的賽跑。野薔薇叢對所有兔子一視同仁，它已經盡力了，但卻沒有用。獵犬快而穩定的追趕、咆哮。躲在一起的兩隻兔子彼此依偎，牠們能聽見樹叢逐漸被摧毀的響動，還有獵犬因為柔軟的耳朵不斷被尖刺割傷所發出的哀嚎。突然之間，這些聲音都消失了，一

陣扭打聲傳來，接著是恐怖的高聲尖叫。鋸齒耳知道那聲尖叫代表什麼，牠因此打了一個冷顫，但在這一切都結束後，牠很快就把這種情緒拋在腦後，開開心心的再次占領親愛的老溼地。

8 寒冷的一夜

老奧利凡特絕對有權利可以把溼地東南方的樹叢全都燒掉，也有權利清除溪水下方的帶刺豬圈圍欄。但如此一來，對鋸齒耳和媽媽來說，日子就變得難熬了。有好幾個被燒掉的樹叢是牠們的住所和哨站，豬圈圍欄則是牠們最重要的要塞和安全撤退地點。

牠們在這片溼地住太久了，久到牠們覺得這裡的每一個部分和周圍的田野都屬於牠們——包括奧利凡特的土地和建築——就算是比鄰的穀倉院子裡出現另一隻兔子，也會讓牠們心生憎恨。

多數國家獲取國土的方式和牠們一樣，只要長時間成功占據某塊土地，就認為土地是自己的，這麼說來，沒有其他生物比牠們更有權利占領這裡了。

　　在一月融雪的期間，奧利凡特家把池塘周圍剩餘的大型樹木都砍掉了，因此截斷了棉尾兔在池塘周圍的領土。但牠們依然依附著逐漸縮小的溼地繼續生活，因為這裡是牠們的家鄉，牠們不願意搬到陌生的地方。牠們依舊過著充滿危險的生活，每天都迅速奔跑、敏捷的轉彎並運用高明的才智。最近有一隻貂常在上游本屬於牠們的寧靜角落徘徊，讓牠們有些困擾。牠們謹慎的引導這位令人不快的訪客，把牠送到了奧利凡特家的雞舍去。但是牠們不太確定這隻貂是否已受到妥善「處理」。被貂追逐時，地洞會變成危險的死巷，所以牠們暫時放棄使用地洞，盡量在僅存的野薔薇叢和樹叢附近活動。

　　初雪已消融殆盡，天氣愈來愈晴朗溫暖。茉莉感覺到風溼發作的徵兆，便到矮樹叢去尋找作為治療草藥的茶莓了。鋸齒耳坐在東邊山丘上的一片微弱陽光之中。奧利凡特家山牆上熟悉的煙囪正斷斷續續的冒著煙，一片片藍白色的煙霧穿越矮林，在天空明亮的對比下變成了單調的棕色。在陽光照射下閃閃發亮的山牆被野薔薇叢攔腰截斷，樹叢的底部在陰影中呈現紫色，在光線照射下卻彷彿金色與紅色交織而成，和著了火的繩索一樣亮眼。新建穀倉的山牆與屋頂從房屋後方露出一角，像是諾亞方舟一樣聳立在那裡。

穀倉裡傳出的聲音和混雜了煙味的可口香氣，讓鋸齒耳知道人類正在餵農場裡的動物吃甘藍菜。一想到豐盛的大餐，鋸齒耳就口水直流。牠克制自己不被香氣吸引，因為牠真的好喜歡吃甘藍菜。但在前一天晚上吃了幾片三葉草後，牠已經去過一次穀倉院子了，聰明的兔子不會連續兩個晚上都跑去同一個地方。

所以牠做了聰明的決定。牠跑去聞不到甘藍菜香氣的地方，吃了一團從稻草堆中掉出來的乾草當作晚餐。沒多久後，夜晚徐徐降臨，茉莉回到牠的身邊，牠吃了茶莓，也在陽光山丘吃了矮樺當作樸素的晚餐。

這時太陽離開天空，到別的地方去履行義務，也把明亮金黃的光輝帶走了。在天空的東方，一片巨大的漆黑簾子不斷往上推進，愈來愈高，最後布滿了整片天空、阻隔所有光線，使世界陷入漆黑陰鬱中。接著，喜歡惡作劇的風也趁著太陽缺席時溜了出來，開始製造麻煩。天氣愈來愈冷、愈來愈冷，似乎比地面上蓋滿了雪的時候還要更冷。

「今天是不是冷到有點可怕？真希望煙囪樹枝堆還在。」鋸齒耳說。

「這種夜晚很適合睡在松樹根的洞裡，」茉莉回答，「但是我們還沒有在穀倉另一端看到貂的皮，在看到那張皮之前，進洞裡睡覺都不安全。」

中空的山核桃樹幹不見了——事實上，那根樹幹此時此刻正躺在專門放木材的院子裡，而牠們害怕的貂這時就在裡面呼呼大睡。所以，棉尾兔們往池塘的南邊跳了過去，牠們選了一個樹叢，鑽到下面，依偎在彼此身邊過夜。兩隻兔子把臉對著迎風面，但鼻子卻朝向不同的方向，如此一來，牠們才能在遇到危險時往不同方向逃跑。隨著時間過去，風吹得愈來愈猛烈、愈來愈冷，大約午夜時分，細緻的雪花順著枯葉落下，窸窸窣窣的穿過樹叢。這個夜晚似乎一點也不適合打獵，但春田的狐狸出現了。牠在溼地的遮蔽下用鼻尖迎著風，接著跑到樹叢的下風處碰運氣，就在這個時候，牠嗅到了正在睡覺的棉尾兔的氣味。牠靜止片刻，鼻子告訴牠兔子蜷縮在前方那個樹叢中，於是牠躡手躡腳的往樹叢前進。風雨聲讓牠得以靠得很近，直到這個時候茉莉才聽到狐狸腳掌踩碎了乾樹葉的脆響。牠碰了碰鋸齒耳的鬍鬚，兩隻兔子立刻清醒，就在這個時候，狐狸向牠們撲了過來。但棉尾兔睡覺時總是會把腿擺成準備起跳的姿勢。茉莉衝進了伸手不見五指的暴風雪中。狐狸這一跳沒有成功，但牠像是在參加比賽一樣跟在茉莉身後，同時鋸齒耳則往另一個方向跑去。

茉莉只有一個選擇，那就是迎著風筆直的往前跑，牠為了活命不斷向前跳躍，尚未凍結的泥巴會讓狐狸的速度變慢，因此穿越泥巴時，牠拉開了一點距離，接著來到了池塘邊緣。牠沒有機會轉彎了，只能繼續前進。

「嘩啦！嘩啦！」牠穿越水邊的雜草，游進了更深的水中。

狐狸緊跟在後，也跳入了水中。但對列那狐[1]來說，在寒夜裡游泳

▲茉莉沒有機會轉彎了，只能繼續前進。

實在太累了。牠轉身離開，而水中的茉莉知道自己只有一個選擇，牠掙扎著穿越蘆葦，游進深水裡，努力往對岸前進。但這時吹來了一陣強烈的逆風。小小的、冰寒的水波在牠往前游時打在頭頂上，水中滿是雪花，像是柔軟的冰或是漂浮的泥巴一樣擋住了牠的去路。對岸那條黑線好像很遠、很遠，說不定狐狸正在那裡等著牠。

但牠把耳朵垂了下來，避開強風的阻礙，勇敢的鼓足力量向前游，對抗向牠襲來的風與浪。在冰冷的水裡辛苦的游了好久之後，茉莉幾乎要抵達對岸的蘆葦叢了，但這個時候一大團漂浮的雪花截斷了牠的去路。岸上的風發出了像是狐狸一般的怪異聲響，讓牠喪失了力氣，還來不急擺脫那團漂浮的雪花，就又往回漂了好遠的距離。

牠再一次奮力划水，但是划得好慢——啊，非常慢。等到牠終於游到高大蘆葦的背風處時，牠四肢麻木又筋疲力盡，小而勇敢的心正逐漸

1法國中世紀民間故事《列那狐的故事》（*Reynard the Fox*）中，一隻聰明、機警卻狡猾的狐狸，此處代指故事中狡猾的狐狸。

下沉，牠再也不介意岸上是不是有狐狸了。牠的確游進了蘆葦叢裡，但是牠走得搖搖晃晃的，動作變得好緩慢，虛弱無力的划著水，但再也沒辦法朝陸地前進，水在牠身旁凝結成冰，使牠停在原地無法動彈。沒多久後，棉尾兔媽媽不再移動那冰冷、虛弱的四肢，毛茸茸的小鼻尖也停止了抖動，牠闔上溫柔的棕色眼睛，斷了氣。

但是岸邊沒有狐狸等著用飢餓的大嘴撕碎牠的身體。鋸齒耳在敵人第一次襲擊時逃脫了，在理智恢復後，牠馬上跑回來，想用「頂替」的技巧幫助媽媽。牠正好遇上繞著池塘走、想要到另一端等待茉莉的老狐狸，牠把狐狸引到很遠的地方，讓牠因為一頭撞上帶刺鐵絲網而離開這裡。接著，鋸齒耳回到岸邊四處尋找、追蹤、蹬地，但不管怎麼找都是徒勞無功。牠再也找不回嬌小的媽媽了。在這之後，鋸齒耳再也沒有見過媽媽，牠永遠也不會知道媽媽去了哪裡，因為茉莉躺在水的冰寒臂彎裡，陷入永遠醒不來的睡夢中，而水這個朋友是不會洩漏任何祕密的。

可憐的小棉尾兔茉莉！牠是個真英雄，不過事實上，世上有多到數不清的生物從來沒有想過自己是不是英雄，只是盡己所能的好好生活、做到最好，最後迎來死亡，茉莉只是其中之一。牠在人生的戰場中打了漂亮的一仗。牠是隻善良的生物，而善良的生物永遠不會死去。因為鋸齒耳就是牠血肉之中的血肉、牠才智之中的才智。牠活在鋸齒耳之中，也把牠們一族中更優良的品格透過鋸齒耳繼續傳遞下去。

鋸齒耳至今還住在溼地。老奧利凡特在那年冬天過世，他那群魯莽的兒子沒有清理溼地，也沒有修理鐵網柵欄。不到一年的時間，這裡的植物就變得比以往還要更茂盛，樹苗和刺藤紛紛長大，倒塌的鐵網變成一座座棉尾兔的城堡，也是狗或狐狸不敢追進去的撤退地點。時至今日，鋸齒耳還住在那裡。牠長成了一隻體型巨大的強壯雄兔，不畏懼任何敵手。牠組了一個大家庭，妻子是我不知道牠在哪裡認識的一隻美麗棕兔子。毫無疑問的，未來數年間，牠和子子孫孫將會在那裡成長茁壯，如果你學會牠們傳送的訊號，也知道何時該用什麼方法蹬地，並選一塊好的地面，或許有機會可以在某個陽光充足的下午看到牠們。

賓果

我的狗的故事

〈賓果〉

「地主的狗從柵欄上越過，
他們將牠取名為小賓果，
賓——果——，
他們將牠取名為小賓果。

地主的妻子釀造棕色麥酒，
他將麥酒稱做斯廷果，

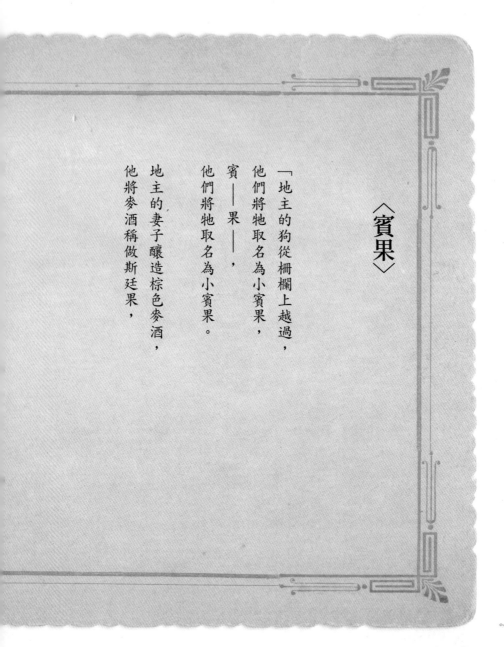

斯——廷——果——，
他將麥酒稱做斯廷果。

你難道不覺得這是一首旋律優美的歌，
我覺得是的，老天喔，
老——天——喔——，
我覺得是的，老天喔。」

1 我的狗「小賓果」

那是一八八二年的十一月初，曼尼托巴的冬天才剛剛開始。吃過早餐後，我優閒的躺在椅子上放鬆，有時從我們這棟簡陋小木屋的窗戶往外看，觀察被限制在窗框間的一小塊平原和牛棚，有時又把目光轉向釘在旁邊木頭上那張〈賓果〉的老歌歌詞上。但歌曲與景色交織而成的美妙幻境很快就被打破了，我看到一隻巨大的黑色生物迅速橫越平原、進入牛棚中，後方有一隻較小的黑白色相間生物緊追在後。

「是狼。」我大聲說著抓起一把步槍，衝出去幫忙那隻狗。但我還來不及靠近，牠們就離開了牛棚，在雪地中追逐了一小段距離後，狼再次陷入困境中，這時，我們鄰居的牧羊犬開始繞著牠轉圈，想找機會咬牠一口。

我從遠處開了兩槍，卻只把牠們嚇得再次追逐著穿越平原。又跑了一陣子之後，這隻無人能敵的牧羊犬追到狼的身側、一口咬住了牠的後腿，又為了避開狼的猛烈反擊而再次撤退。接著，狼又再一次走投無路，只能繼續在雪中奔跑。每隔一公尺，牠們就重複一次同樣的流程，那隻狗的技巧高超，每一次衝刺都讓牠們更接近人類的建築，而狼則徒勞無功的努力想要往東方的黑色樹林撤退。在牠們又打又追了一公里遠之後，我終於趕上了牠們，狗知道自己如今有了強大的後援，便衝上前去進行最後的戰鬥。

牠們纏鬥成一團，幾秒鐘後動作慢了下來，狼仰躺在地，留著血的牧羊犬咬住了牠的咽喉，於是我走上前去，輕而易舉的把子彈射入狼的頭顱裡，結束了這場戰鬥。

在看到敵人死後，這隻卓絕群倫的狗沒有再看牠第二眼，而是輕快的穿越雪地，前往六公里外的農場，牠一開

▲牧羊犬與狼纏鬥成一團。

始正是在那裡看到了狼，才會離開主人身邊。牠是隻了不起的狗，就算我沒有跟過來，牠無疑也會獨自殺掉那匹狼。後來，我得知牠早已獨自殺掉許多匹狼了，雖然是一些體型較小的狼或草原狼，但是那些狼的體型都比牠還要大得多。

我非常欽慕這隻狗的非凡本領，立刻告訴飼主願意不計代價的買下牠。那位飼主傲慢的回答我：「你幹麼不去買牠的孩子呢？」有鑑於法蘭克是非賣品，所以我只能退而求其次，選擇號稱是牠子代的一隻狗，也就是牠妻子生下的兒子。

這隻圓滾滾的黑色毛球或許真的是法蘭克這隻著名牧羊犬的後代，不過牠看起來與其說是隻小狗，更像是一頭長了長尾巴的熊。但牠身上有一些類似法蘭克的淺色斑點，我希望這些花色代表牠能在未來成為一隻偉大的狗，此外，牠的狗嘴上有一圈與眾不同的白毛。

買下這隻狗之後，我要做的第二件事就是幫牠取名字，不過我早就解決這個難題了。我買下這隻狗的契機是法蘭克追狼的事件，而那天我正看著〈賓果〉這首歌，所以我剛好可以幫牠取名為「小賓果」。

2 賓果與可憐的老母牛

賓果在我們的小屋裡度過了那年冬季，牠就像每隻又肥又胖、心地善良卻惹出一堆麻煩的小狗，過著普通的日子。牠往肚子裡塞進一大堆食物，每天長得愈來愈大、愈來愈笨拙。牠經歷了幾次痛苦的教訓，卻還是學不會不要把鼻子放進老鼠陷阱裡。牠對貓咪表達善意時總是會被誤解，最後導致雙方進入了武裝對峙，有時還會變成恐怖統治，而且從來沒有改善過。賓果是一隻從小就很有主見的狗，和貓咪相處的經驗讓牠決定要從此睡在穀倉，完全避開小屋。

春天來臨時，我開始對牠進行嚴格的訓練。在我們都經歷了巨大的折磨之後，牠學會了在聽到命令時跑到沒有柵欄的原野上，驅趕我們那隻通常正自在吃草的黃色老母牛。

被誤解的賓果。

牠一學會這項工作就非常樂在其中，沒有任何事情能比趕牛回來的命令更令牠開心。牠會飛也似的往外衝，一邊快樂的大叫，一邊高高跳躍到空中，以便從比較高的角度掃視平原，尋找牠的受害者。接著，牠很快就會趕著全速飛奔的牛回來，使黃牛因為牠而氣喘吁吁、不得片刻安寧，直到被安全趕進牛棚最裡面的角落。

我們其實希望牠能用冷靜一點的方式趕牛，但仍然一直忍受著這種壞習慣，可是沒多久後，牠卻因為太喜歡這項每天都要執行兩次的工作，開始在沒有人下達命令時，照樣把老母牛唐恩趕回來。後來，這隻精力旺盛的牧牛犬每天不只一、兩次會擅自衝出去把母牛趕回牛棚，而且一天會發生十幾次。

到了最後，事情演變成只要牠想要運動一下、只要牠有幾分鐘的空閒時間、甚至只要牠一想到這件事，賓果就會像在賽跑一般全速穿越平原，在數分鐘內趕著悶悶不樂的黃色母牛全速奔跑回來。

起初我們不覺得這件事有多糟糕，因為這麼一來母牛就不會跑得太遠，但我們很快就發現賓果的行為會妨礙母牛進食。牠變得愈來愈瘦，產出的牛奶也變少了，賓果似乎成了牠心中的負擔，牠總是在擔心那隻可恨的狗會出現，每天早上，牠都會在牛棚附近徘徊，好像擔心一往外走就會立刻成為攻擊的目標。

這種狀況有點太過分了。我們數次試著修正賓果過度的娛樂，卻都失敗了，最後我們不得不禁止牠趕牛。在這之後，牠就再也不敢把牛趕回家了，不過牠還是很喜歡在我們擠牛奶的時候趴

在牛棚的門口。

夏季到來後，蚊子變成了我們最痛恨的一種災害，比蚊子更惱人的是母牛唐恩在我們擠奶時，不斷用力左右甩動的尾巴。

負責擠奶的是我哥哥佛烈德，他總是充滿創造力，卻缺乏耐心，這天他為了阻止牛尾巴甩動，想出了一個簡單的計畫。他把一塊磚頭綁在母牛的尾巴上，接著便心情愉悅的開始工作，他很確定如此一來工作時就不會受到討厭的干擾了，不過我們大家都心存懷疑的在一旁看著他的新方法。

就在這個時候，蚊子形成的迷霧中突然傳來了沉悶的撞擊聲，緊接著是一陣咒罵。母牛繼續平靜的咀嚼，佛烈德則跳了起來，拿起擠牛奶的小凳子用力打牛。被一隻又笨又老的母牛用磚頭砸在頭上已經夠糟了，旁觀者的大笑和奚落使他更加忍無可忍。

賓果聽到騷動時，直覺的認為人類需要牠的幫助，因此衝進了牛棚，開始從另一側攻擊唐恩。一陣混亂之後，牛奶全打翻了，牛奶桶和板凳都壞了，母牛和狗都被嚴厲的打了一頓。

可憐的賓狗完全搞不懂這是怎麼一回事。牠一直以來都看不起母牛，而這次的事件讓牠更厭惡牛了，牠下定決心連牛棚的門都不要接近，從這次之後，牠只願意去馬廄和馬待在一起。

我們家的牛是我養的，馬則是我哥哥養的，賓果把忠誠的對象從牛棚換到馬廄之後，似乎也一併放棄了我，牠不再像以前一樣整天陪伴我，不過每當發生了緊急事件時，牠總是會先來找我，我也總是會去找牠，我們似乎都覺得這種人與狗之間的聯結能夠持續一輩子。

在這之後，賓果只牧牛過一次，那是同一年的秋天，在卡布里博覽會上發生的事。博覽會上除了有各種令人眼花撩亂的獎品、鼓勵農人帶牲畜參展之外，另外還有一個「最佳訓練牧羊犬」的獎項，得獎者不但能獲得這個榮譽的頭銜，還能拿到「兩塊錢」的獎金。

我誤信了一位損友的話，幫賓果報名參賽。比賽當天一大早，我們把牛趕到村子旁的草地上。比賽開始時，我們對賓果指著母牛，下達命

令：「去趕那頭牛。」當然，我們原本打算由我站在裁判臺前面，讓賓果把牛趕到這裡來。

然而，動物的見解總是比人高明得多。牠們花了整個夏天做的排練絕對不是蓋的。唐恩一看到賓果全力猛衝的樣子，就知道牠唯一能安全活下來的希望，就是回到牠的牛棚裡，而賓果也同樣肯定，牠這輩子唯一的使命就是驅趕母牛、讓牠飛快的往牛棚跑。因此，牠們就這麼一溜煙的穿越田野，像是狼追著鹿一樣，往三公里遠的家狂奔而去，消失在我們的視野中。

這是裁判和評審最後一次看到那隻狗和那頭牛。獎金被頒給了這場比賽中除了我之外的唯一一位參賽者。

3 賓果的保護

賓果對馬的忠誠度高到令人吃驚，牠白天會在馬匹之間繞來繞去，晚上則睡在馬廄門口。無論這群馬去了哪裡，賓果都會跟著一起去，沒有任何事物能阻擋牠跟在馬群身邊。這種「離不開馬」的有趣狀態使得下面這個事件顯得更特別。

我並不迷信，直到現在我也不相信任何預兆，但卻深刻記得一個與賓果有關的怪異事件。當時只有我和哥哥約翰住在德溫頓農場。一天早上，我哥哥要到博吉溪去載一車乾草。他必須當天來回跋涉很長一段距離，因此一大清早就要出發。奇怪的是，這天早上賓果沒有跟著馬群一起走，這是牠有生以來第一次發生這種事情。我哥哥叫了牠幾次，但是牠一直站在安全距離之外注視著他們、拒絕走到馬群旁。這時牠突然把鼻子抬向空中、發出了悠長而傷心的嚎叫。牠看著馬車消失在視線之外，甚至又跟著走了一百公尺左右，過程中不時扯開喉嚨發出心碎的呼嚎。

這是牠第一次主動和馬匹分開，這一整天牠都逗留在穀倉外面，時不時發出死亡輓歌般的哀嚎。農場裡只有我一個人，賓果的行為使我心中充斥著可怕的不祥預感，隨著時間流逝，我感到心裡愈來愈沉重、愈來愈沉重。

大約六點時，我再也忍受不了賓果的叫聲，因此在大腦難以運作的狀況下抓起手邊的東西朝牠一丟，命令牠離開。但是，喔，我滿腦子都是可怕的念頭！我為什麼要讓親愛的哥哥獨自離開呢？我還能看到他活著回來嗎？我應該早點從賓果的舉動預知這天會發生非常可怕的事情。

終於到了約翰回來的時間，我看到他駕著馬車回來了。我大大鬆了一口氣，替他把馬牽走，然後裝出一副不感興趣的樣子問他：「都還好嗎？」

「還好啊。」他簡短的回答。

誰說預兆就一定有意義呢？

不過，在很久之後，我把這件事告訴一位精通神祕學的人，他一臉嚴肅的問我：「賓果在遇到危險時總是會去找你，對嗎？」

「對。」

「那麼你別高興得太早。那天陷入危險的人其實是你，牠留下來救了你的命，只不過你永遠也不會知道，那天你原本會遇到什麼危險。」

4 賓果的私生活

我從初春開始教導賓果。沒多久之後，牠也開始教導我了。

我們的小屋和卡布里村之間相隔一片三公里寬的田野，田野的正中間是一個插在矮土墩上的農場邊界木樁，從很遠的距離就看得到它。

我很快就注意到，每次經過田野時，賓果都會仔細檢查那根神祕的木樁。後來我發現，草原狼和鄰居的狗也會去檢查那根木樁，最後透過望遠鏡，我仔細觀察了無數次，因而更了解這是怎麼回事，也更深入的認識了賓果的私生活。

那根木樁是犬科生物公認的記錄站。傑出的嗅覺使每隻犬科生物都能立刻從木樁旁的足跡和味道判斷出最近有誰來過附近。下雪之後，這根木樁向我揭露了更多資訊。我發現木樁只不過是這附近一系列記錄站

這是什麼東西？

中的其中一個，換句話說，這整個地區每隔一小段距離就有一個記錄站。記錄站有可能是顯眼的木樁、石頭、水牛頭骨或其他位於理想地帶的物品，在擴大觀察後，我發現這個完善系統讓犬科生物能夠獲取與提供新資訊。

每隻狗和狼都會在行經途中特別檢查附近的幾個記錄站，確認有誰到過那裡，就像回到鎮上的男人會到俱樂部去看看登記簿一樣。

我見過賓果走到木樁附近嗅聞、檢視附近的地面，接著發出低吼、豎起鬃毛，眼睛也變得閃閃發亮，再輕蔑的用後腿猛力抓地，最後動作生硬的走回來，時不時還要回頭看一眼。這些舉動翻譯成語言的意思就是：「嗚嚕嚕！汪！是麥卡錫家的醜黃狗！汪！我今晚要好好照顧牠一番。汪！汪！」

還有一次牠檢查完木樁後，突然變得十分熱情，牠一邊研究木樁附近的草原狼足跡，一邊自言自語了一番，後來我才弄清楚牠說的話大概是：「是北方來的草原狼，聞起來有死牛的味道，對吧？普沃士的老斑想必終於死了。這值得繼續追蹤。」

有幾次牠搖著尾巴在附近到處跑，讓自己的足跡更加明顯，這很有可能是因為牠的弟弟比爾從布蘭頓回來了！所以，比爾會在之後的某天晚上出現在賓果家並不是巧合，那天晚上賓果帶著比爾爬到山丘上，吃了一頓美味的死馬肉，藉此為牠們的團聚好好慶祝了一番。

還有幾次牠在接收到新資訊時，突然變得很興奮，牠會跟蹤足跡，跑到另一個記錄站調查最新消息。

有時候，牠在查探之後會表現得很嚴肅，好像在對自己說：「天啊，這是什麼東西？」或者「我去年夏天好像在波提吉見過這傢伙。」

一天早上，賓果才剛靠近木樁就豎起了身上每一根毛髮，牠的尾巴下垂、顫抖，突然擺出反胃的樣子，這些都是恐懼的訊號。牠顯然一點也不想繼續追蹤或了解更多資訊，而是直接回到家裡。過了半個小時，牠依然鬆毛直豎，表情不知道是痛恨還是恐懼。

我研究了那些嚇人的足跡後，發現在賓果的語言中，那種嚇壞了的低聲嗚叫代表「森林狼」。

這是賓果教會我的眾多知識之一。之後，只要我正好看到牠從馬廄門口的寒冷狗窩中站起來，伸個懶腰再抖落蓬亂皮毛上的雪花，踩著輕快的步伐「噠、噠、噠」的走進一片陰鬱的雪景中，我就會想著：「啊！老狗啊，我知道你要去哪裡，也知道你為什麼拒絕住進小屋。現在我很清楚為什麼晚上固定的時間，你都在田野中四處走動，也知道你是用什麼方法得知你該何時去哪裡尋找想要的東西了。」

5 令人意外的伴侶

一八八四年的秋天，德溫頓農場的小屋關閉了，賓果搬到與我們最親近的鄰居戈登．懷特家去——並不是搬到他們的房子裡，而是搬到馬廄外。

從牠還是隻小狗的那年冬天開始，牠就拒絕進入房子裡，唯有暴風雨時例外。牠最懼怕的東西就是雷聲和槍——而牠對前者的恐懼無疑來自於後者，而對後者的恐懼來自牠遭遇過的不愉快經歷，我們稍後會提及這件事。牠晚上總是睡在馬廄外，無論天氣再冷都一樣，我看得出來牠非常享受能在夜間自由自在的行動。賓果的夜半漫遊範圍橫跨好幾公里的田野。有很多證據能證明這件事。有些住得很遠的農夫會傳話給老戈登，說要是他晚上再不把狗關在家裡，他們就要使用獵槍了。從賓果

對槍枝的恐懼可以得知，這些農夫的威脅並不是空口白話而已。一名住在佩特洛那麼遠的男人說，他曾在冬季晚上看到一隻大黑狼在雪地上殺掉一隻草原狼，但後來他又改變說詞，說他「認為那一定是戈登家的狗。」賓果只要發現凍死的公牛或馬，晚上就一定會跑去屍體那裡趕走草原狼，獨自大啖美食。

有時候，牠夜間冒險的目標是咬傷遠處鄰居家的狗，儘管有些人威脅要復仇，但我們似乎也沒有理由擔心賓果的血統會滅絕。有一個男人甚至公開宣稱，他曾看到一隻草原狼帶著三隻小狼，牠們看起來都像那隻狼媽媽，不過體型都非常大，毛色烏黑，狼嘴上有一圈白毛。

無論這件事是真是假，我能確定的是，那年三月底我們坐雪橇出門，讓賓果跟在後面跑，途中有一匹草原狼從洞裡跳了出來。賓果立刻快速追了過去，但是那匹狼並沒有全力逃跑，賓果很快就追到狼的身邊，但奇怪的是，牠們並沒有扭打起來，完全沒有互鬥！

賓果友好的跟在那匹狼身邊小跑步，還舔了那匹狼的鼻子。

我們大吃一驚，大聲叫賓果攻擊。我們的喊叫聲和縮短的距離把那匹狼嚇得逃跑好幾次，但每次賓果都會追趕上去，而牠溫柔的態度實在太明顯了。

「那是一匹母狼，賓果不會傷害牠的。」我在發現真相後說。老戈登則說：「啊，我的老天。」

因此，我們把不情不願的狗叫了回來，繼續前進。

在之後的數個星期我們都很惱怒，因為有匹草原狼跑來掠奪我們的食物，牠殺掉我們的雞、從房子後面偷走豬肉，還在大人離開時從小屋的窗戶往屋內看好幾次，把留在家裡的孩子們嚇壞了。

在遇到這隻草原狼時，賓果似乎不再是人類的護衛。後來這隻母狼被殺了，賓果對殺了這隻狼的男人奧利佛表現出非常明顯的恨意。

▲賓果與母狼

6 愛我，就要愛我的狗

人與狗建立深厚情感並共度難關的方式十分神奇又迷人。布特勒曾在他的故事中寫道，在偏遠北部地區有一個團結的印第安部落，後來因為一名男人的狗被鄰居殺掉，引發了長期的內部鬥爭，最後幾乎全族滅絕。如今我們之中也有許多人彼此告上法庭、打架甚至成為世仇，都是因為同一個古老的道德規範：「愛我，就要愛我的狗。」

有一位鄰居養了一隻傑出的獵犬，他認為這隻狗是世上最棒、最可愛的狗。我很愛這位鄰居，所以也愛他的狗，當有一天可憐的老獵犬坦恩滿身傷痕的爬回家，死在家門口時，我也加入了牠主人的行列，放話要替坦恩復仇，抓住所有機會追查那名犯案的惡棍。我們不但提供獎金，也四處蒐集各種證據。最後，我們終於確認了住在南邊的三位男人之中，一定有人與這件殘酷的罪行有關。線索愈來愈明顯，我們應該很快就能找出是哪個惡徒殺害了可憐的老坦恩，並伸張正義。

接著發生了一件事讓我立刻改變想法，認為殺害那頭老獵犬算不上什麼不可饒恕的罪行。事實上，在轉念一想之後，我覺得這麼做其實是值得表揚的。

戈登．懷特的農場在我們住處的南方，小戈登知道我在追查兇手，所以在我拜訪他們的農場時，他把我拉到一旁，一副鬼鬼祟祟的樣子，用悲劇性的語氣悄悄對我說：「是賓果做的。」

我立刻就放下了這件事。我必須承認，從那一刻開始，我便用盡全力阻撓我先前努力追求的正義。雖然我很久以前就把賓果送人了，但身為主人的感覺從未消逝。沒多久後，賓果又引發了另一個事件，這可說是證實了一種人與狗牢不可破的關係。

老戈登和奧利佛是親近的鄰居兼朋友，他們一起簽下一個伐木合約，友好的一起工作直到冬末。接著，奧利佛的老馬死了，他決定要最大化利用這匹馬，便把馬拖到平原上、下了許多毒餌，要毒害附近的狼。啊，可憐的賓果！牠過的是狼的生活，不過正是這樣的生活使牠再三遭逢狼的厄運。

牠和那些住在野外的親族一樣非常喜歡死馬。那天晚上，牠帶著戈登家的狗柯利到那具屍體旁。賓果當時似乎大半時間都忙著驅趕狼群，但柯利毫無節制的大吃了一頓。雪中的足跡讓我們得以知悉這場盛宴的過程：毒藥開始運作時，牠們立刻停止進食，柯利踩著蹣跚的步伐走回家，一路上不時因為可怕的疼痛而痙攣，最後牠抽搐著倒在老戈登腳邊，在極度的痛苦中死去。

「愛我，就要愛我的狗。」任何解釋或道歉都不會被接受，再怎麼強調這是個意外也沒有用。這時，老戈登想起了賓果和奧利佛的宿怨，更加深了他的怒火。他們捨棄了伐木合約，友誼就此灰飛煙滅，兩個人因為柯利垂死時的哀嚎而成了仇敵，至今他們依然針鋒相對，再大的土地也無法同時容下他們兩個人。

過了好幾個月，賓果才從毒藥造成的傷害中完全康復。我們原本以為牠再也不會恢復成以前那個健壯的賓果了。但是春天來臨時，牠的力

▲賓果忙著驅趕狼群，柯利在一旁大吃一頓。

氣慢慢回復，隨著青草萌芽牠變得愈來愈強壯，沒幾週後，牠再次充滿健康活力，變回朋友眼中的驕傲、鄰居眼中的討厭鬼。

7 兩年後的重聚

人生的變化使我離開曼尼托巴去到遙遠的地方，在一八八六年回到這裡時，賓果依然是戈登家的一員。我已經離開了兩年，以為賓果一定早已忘了我，但事實不然。在初冬的某一天，賓果在失蹤了四十八小時後爬回戈登家，腳上緊緊夾著一個狼陷阱，陷阱後面還拖著一根沉重的大樹幹，賓果被夾住的那隻腳被凍得像石頭那麼硬。牠不斷兇殘的攻擊旁人，沒有人能靠過去幫牠解開陷阱，這時我這個「陌生人」彎下腰，伸出一隻手放在陷阱上，另一隻手放在牠的腿上。牠立刻用尖牙咬住我的手腕。

我紋絲不動的說：「賓果，你不認識我嗎？」

牠連我的皮都沒有咬破，立刻鬆口、不再抗拒，不過在我替牠移除

陷阱時，牠發出了一連串哀嚎。雖然牠換了居住地點，而我也離開了許久，但牠依然認為我是牠的主人，而我雖然把牠交給了別人，不再是牠的主人，但我依然認為牠是我的狗。

賓果不情不願的被帶進房子裡，讓結凍的腳恢復溫度。那年冬天剩下的時間牠都瘸著一隻腳，最後掉了兩隻腳趾。但在天氣回暖之前，牠就再次徹底恢復健康與力氣，見到牠時若沒有仔細觀察，你不會看到那個鋼製陷阱造成的可怕經歷所留下的傷疤。

8 了不起的賓果！

同一年冬天，我抓到許多狼和狐狸，牠們不像賓果那麼好運能逃離陷阱。直到春天我都把陷阱留在外面，因為雖然毛皮賣價不高，但能換到不錯的賞金。

肯尼迪平原向來是個適合設置陷阱的地點，因為這裡人跡罕至，又正好位於濃密森林與人類居住地之間。我幸運的在這裡獲得許多毛皮，四月底時，我像往常一樣騎馬到這裡巡視陷阱。

狼陷阱是用強力鋼鐵製成的，上面有兩個彈簧，各自能施加五十公斤的力量。我會在埋起來的誘餌周圍放置四個陷阱，緊緊固定在幾根藏起來的樹幹上，再用棉布蓋住、埋進細沙中，這麼一來就幾乎看不出來了。這一天，一匹草原狼被陷阱抓住了。我用木棒殺了牠，把牠丟到一邊，依照過去數百次的流程重新架設陷阱。我很快就把陷阱設置好了。我把陷阱扳手往馬那裡丟過去，看到旁邊的一片細沙地，便伸手想要抓一把細沙，把陷阱藏得更好。

喔，這個念頭讓我陷入了不幸的處境！安逸太久讓我變得太粗心了！那片細沙地下面藏著另一個狼陷阱，我立刻成了一名囚犯。雖然陷阱上面沒有尖齒，我戴在手上的陷阱厚手套也使我沒有因為夾住的力道而受傷，但陷阱緊緊夾住了我關節上方的手掌。我並沒有太過警覺，而是試著想用右腳把陷阱扳手勾過來。我臉朝下，並朝著陷阱扳手的方向用盡全力把腳伸出去，同時盡量把被陷阱夾住的那隻手伸長、伸直。我不可能在看著扳手的同時用腳勾到它，只能靠著腳趾確認我碰到了能夠讓我擺脫困境的鐵製小鑰匙。第一次嘗試失敗了，我努力朝著扳手伸展身體，但腳趾卻沒有碰到任何金屬。我以身體為中心慢慢轉動，但還是沒有成功。我費力的扭動頭部、觀察周圍，發現腳的位置太靠西了。我往正確的方向再次嘗試，盲目的用腳趾摸索鑰匙。我太專注於用我的右腳探索，把其他事情全都拋到九霄雲外，這時我聽見「鏘」的一聲脆響，第五號陷阱的鐵鉗緊緊咬住了我的左腳。

一開始，我並沒有意識到這個處境有多糟糕，但很快我就發現，不管我怎麼掙扎都是白費力氣。我沒有辦法掙脫這兩個陷阱，也無法同時移動這兩個陷阱，只能維持著伸長手腳的姿勢被困在地面。

接下來我會怎麼樣？天氣已經沒有那麼冷了，所以我沒有凍死的危險，但冬季的肯尼迪平原幾乎沒有任何伐木工會經過。沒有人知道我去了哪裡，除非我能自己想辦法掙脫，否則我沒有任何希望可言，只能等著被狼吃掉，或者又冷又餓的死去。

我躺在那裡，看著血紅的夕陽漸漸西沉至平原那一端的雲杉溼地，一隻角雲雀站在數碼外的地鼠土丘上唱著傍晚之歌，就像每天晚上跑來我們小屋外的那隻角雲雀一樣。雖然我的手臂逐漸被麻木的痛楚給占據，身體逐漸陷入可怕的寒冷中，但我還是注意到那隻角雲雀頭上像耳朵一樣的那兩簇羽毛有多長。接著，我的思緒回到了戈登家那棟舒適小屋裡的晚餐桌上，我想著，現在他們應該在炸豬肉當晚餐，或者正一一入座。

我一下馬便把韁繩垂放在地上，但我的馬依然站在原本的位置，耐心等著要載我回家。牠不理解為什麼我拖了這麼久，我叫牠時，牠只會停止咀嚼青草的動作，用愚蠢又無助的疑惑表情看著我。如果牠能跑回家，空蕩蕩的馬鞍就能讓其他人知道發生了什麼事，並且過來幫忙。但牠忠誠的站在原地一個小時接著一個小時的等待，我則在一旁遭受寒冷與飢餓的折磨。

接著我想起了陷阱獵人老吉魯的遭遇，他失蹤之後，一直到隔年春天才有朋友找到他的屍骨，他的腳被夾在熊陷阱裡。我開始思考身上有哪幾件衣服能讓人看出我的身分。接著我腦中閃過了另一個想法。這就是狼被困住時的感覺。喔！我曾使許多狼陷入如此悲慘的處境。如今輪到我付出代價了。

夜晚緩緩降臨。一匹草原狼發出嚎叫，我的馬豎起耳朵，往我走近了一點，垂著頭站在一旁。接著另一匹草原狼也叫了起來，然後是另一匹，我能聽得出來牠們正在附近集結。我無能為力的趴在地上，想著牠們會不會直接往這個方向跑來，把我撕成碎片。我傾聽牠們吼叫了很長一段時間後，才發現已經有好幾個模糊的黑影正往我這裡偷偷摸摸的前進。我的馬最先看到牠們，一開始，牠驚恐的鼻息聲嚇到了狼群，但接著牠們又靠得更近，在這片田野裡圍繞著我坐了下來。一隻比較大膽的狼很快就匍匐著爬過來，想要拖走死掉親族的屍體。我對牠大聲吼叫，牠咆哮著退開了。我的馬恐懼的跑到遠處。沒多久，那隻狼又過來了，經過了兩、三次的撤退與嘗試後，牠把屍體拖走了，其他匹狼在數分鐘內就把死狼吃得一乾二淨。

牠們吃掉屍體後又靠得更近了，屈著後腿坐在那裡看著我，最大膽的那隻狼聞了聞步槍，扒起塵土想把槍蓋住。我用還能活動的那隻腳踢向牠並對著牠大吼，牠立刻撤退，但隨著我愈來愈虛弱，牠變得愈來愈大膽，牠靠了過來，對著我的臉低吼。這時其他匹狼也低吼了起來，牠們愈靠愈近了，我知道，我即將要被我最鄙視的敵人給吃掉了。就在這時，黑暗中突然傳出了一陣低沉的咆哮，一匹大黑狼跳了出來。草原狼立刻四散開來，只有最大膽的那匹狼除外，牠被新來的大黑狼咬住了，片刻後就成了一具全身髒汙的屍體，接著，喔，我的天啊！那隻殘酷的巨狼向我撲來——是賓果——是了不起的賓果，牠喘著氣，用毛皮蓬亂的身側蹭了蹭我，又舔了舔我冰冷的臉。

「賓果，賓果，好孩子，拿陷阱扳手過來！」牠立刻往扳手的方向走去，回來時叼著那把步槍，因為牠只知道我好像需要什麼東西，但不知道我要什麼。

「不對，賓果，我要陷阱扳手。」這次牠叼來的是腰帶，不過最後牠終於成功替我把陷阱扳手叼了過來，在發現自己拿了我真正要的東西時，牠開心的搖起了尾巴。我伸出還能自由活動的那隻手，在經歷了各種困難之後，好不容易轉開了長長的螺帽。夾住手的陷阱鬆了開來，又過了一分鐘，我便重獲自由了。賓果帶著馬過來，我花了一點時間慢慢行走，恢復血液流動，接著才總算能跳上馬。我們以緩慢的速度出發，之後愈來愈快，賓果像先驅士兵一樣在前方全力衝刺、大聲吠叫，回到家之後我才知道，雖然我從來沒有帶賓果去巡視過陷阱，但這天傍晚賓果一直表現得很奇怪，牠不斷看著樹林間的走道哀鳴，入夜後，儘管人類試圖留下牠，牠還是一頭扎進黑夜中。我們人類無法理解的某種知識引導牠即時找到我的位置、既替我報了仇，也讓我重獲自由。

忠誠的老賓果——牠真是隻怪異的狗。雖然牠的心與我同在，但隔天牠與我錯身而過時，幾乎連看都沒有看我一眼，卻在小戈登叫牠去找地鼠時，立刻開開心心的跑了過去。故事就這麼來到結局，牠深愛像狼一般過生活，直到最後也都過著那樣的生活，每到冬天就會去找被凍死的馬。這一次，牠找到一匹被下了毒的死馬，像狼一樣大口吃下了馬肉，接著，牠感覺到突如其來的劇痛，立刻往回跑，牠沒有跑去找戈登一家人，而是跑來找我，牠跑到了我本來應該在的小屋門前。隔天早上我回來時，發現牠死在一片白雪中，牠的頭靠在門檻上——牠在這扇門內度過了幼年時光，在牠生命中的最後一刻，牠心底深處依然認為牠是我的狗——在遭受劇烈痛苦的折磨時，我的狗想要尋求我的幫助，但牠終究沒有找到我。

春田狐

森林裡的狐狸家族

1 尋找狐狸的巢穴

過去一個月以來，母雞一直神祕的消失。我趁著夏季假期回到位於春田的家，負責解決這個難題。我很快就找到了答案。兇手每次都大膽的偷走一隻母雞，時間是在母雞們離窩之後與回窩之前，所以我排除了遊民與鄰居的嫌疑。母雞不是在棲息於高處時被抓走的，所以也不會是浣熊和貓頭鷹。附近沒有吃到一半的屍體，因此黃鼠狼、臭鼬和貂都無罪，由此可知，該為此負責的就只有列那狐了。

艾林戴爾的河流對岸有一座巨大的松樹林，我仔細檢查了低處的淺灘，找到了一些狐狸的足跡，還有從我們家蘆花雞身上掉下來的一根黑白斑點羽毛。我爬到更高的岸上搜尋更多線索，這時聽到後面傳來了一陣激昂的烏鴉尖叫，轉過身時，我看到有好幾隻烏鴉正對著溪邊的某個東西俯衝。我仔細一看，發現眼前的景象跟「做賊的喊捉賊」這種老故事一樣，淺灘正中間有一隻狐狸，嘴上叼著什麼東西——原來牠才剛離開我家的穀倉院子，嘴裡還叼著另一隻母雞。雖然烏鴉自己也是無恥的小偷，但牠們每次都會率先大喊：「站住，小偷！」這是因為牠們早就準備好要開開心心的接受小偷提供的「封口費」，也就是把偷來的東西分牠們一杯羹。

牠們現在就在玩這套把戲。狐狸回家前必定要穿越這條河，也因此必定會暴露在那群烏鴉搶匪的攻擊範圍之內。牠一個箭步往前狂奔，眼看就要帶著戰利品成功過溪了，但這時我也加入了攻擊的行列，牠不得不驚恐萬分的丟下母雞，消失在樹林間。

牠如此大量又規律的把獵物整隻帶回去，只可能代表一件事，那就是牠家裡有一群小狐狸要養，我一定要找到牠們。

那天下午我和我的獵犬騎兵一起跨越小溪，進入艾林戴爾森林。獵犬才剛開始繞圈，我們就聽到了附近一座植被茂密的峽谷裡傳出了狐狸尖銳又短促的叫聲。騎兵立刻衝了過去，牠找到剛留下的蹤跡，精力充沛的往前衝刺，聲音愈來愈遠，最後消失在高地中。

牠在將近一個小時後回來，八月的高溫使牠熱氣蒸騰、氣喘吁吁，牠在我腳邊趴了下來。

但幾乎就在這一瞬間，旁邊就傳來了一模一樣的狐狸尖叫聲，我的狗立刻開始了下一次追逐。

牠消失在黑暗中，發出像船上的濃霧號角[1]似的連續吠叫，朝著北方狂奔。響亮的「汪汪」聲變成了較小的「汪嗚」聲，接著轉變成微弱的「嗚嗚」，最後完全聽不到了。牠們想必跑到好幾公里之外了，因為就算把耳朵貼到地面，我也聽不到任何聲音，而我通常可以在一公里內輕而易舉的聽見騎兵的大吼聲。

我在黑暗的樹林中等待時，聽到了水滴滴落的甜美聲響：

「滴咚滴答，
叮咚答滴咚。」

我不記得附近有溪水，在炎熱的夜晚找到小溪是一件很令人開心的事。但水聲把我引到了一棵橡樹的樹枝下，我在這裡找到了聲音的源頭。這首歌曲輕柔又甜美，在炎熱的夜晚帶給我十分愉快的感受：

「叮咚滴咚，
叮咚答滴咚叮，
滴叮答咚，
喝吧叮咚喝吧喝吧。」

1 當在霧中行駛的船隻接近陸地或其他船隻時，會發出警告的號角。

這是鋸磨貓頭鷹[2]的「滴水」之歌。

但這時我忽然聽到一陣低沉的粗啞喘氣聲和葉子摩擦聲，是騎兵回來了。牠筋疲力盡的將舌頭掛在嘴邊，幾乎要垂到地上，還不斷滴著泡沫，牠的側腹劇烈起伏，前胸和身側都布滿了星星點點的口水泡沫。牠止住喘氣片刻，盡責的舔了一下我的手，接著往落葉中猛然趴下，用吵雜的喘氣聲蓋過所有其他聲響。

但我們又一次聽到狐狸的尖叫聲從數公尺外傳來，這時我突然理解了這是怎麼一回事。我們已經靠近小狐狸所住的巢穴了，所以老狐狸才會輪流把我們引開。

這時已經很晚了，所以我們往家裡走去，我很確定我就快解開這個謎題了。

2棲息於美國西北方的樹林間，一種體積小、黃眼睛的貓頭鷹。

2 狐狸一家的生活

大家都知道有一隻老狐狸與家人住在這附近，但沒有人知道牠們竟然住得這麼近。

那隻老狐狸的名字叫「疤臉」，因為牠臉上有一道疤，從眼睛延伸到耳朵後面。牠應該是在某次獵捕兔子時，一頭撞進了帶刺鐵網中才留下這道疤。在傷痕癒合後，疤痕上的毛變成了白色，因此十分顯眼。

我在前一年的冬天曾遇見過牠，當時發生的事能作為範例，讓你知道牠有多狡猾。那天下了一場雪，雪剛停我就外出打獵，穿越了開闊的田野，來到老磨坊後面草木叢生的一塊低窪地。我抬起頭觀察低窪地的邊緣時瞥見了一隻狐狸，牠在遠處沿著低窪地的另一側向下小跑著，即將橫越我往前走的路線。我在那一瞬間立刻停止所有動作，甚至沒有低下頭，也沒有為了看清牠的動作而轉頭，直到牠消失在低窪地底部的濃密植被中，我才再次移動。牠一躲進植被裡，我就低下身子，用比牠更快的速度跑到牠應該會從森林中離開的位置等牠，我在那裡等了很長一段時間，但狐狸一直沒有出現。仔細觀察後，我發現有新的狐狸足跡離開了茂密的植物群，我的視線順著足跡一轉，只見老疤臉就坐在我正後方很遠的位置，好像覺得樂趣無窮似的對著我微笑。

研究牠的足跡之後，我終於恍然大悟。在我看到牠的那一瞬間，牠就看到我了，但牠像一名真正的獵人一樣，沒有表現出來，而是裝出一副很自然的樣子，直到牠脫離我的視線範圍，便立刻拔足狂奔，繞到我身後去，看著我執行這個胎死腹中的詭計，藉此取樂。

到了春天，又發生了另一件事能證明疤臉有多麼狡猾。當時我和一位朋友一起沿著一條小路穿越放牧高地。其中一段小路距離山脊不到十公尺，山脊上有幾塊黃灰相間的石塊。到了最靠近山脊的位置時，我的朋友說：「我覺得第三塊石頭看起來很像捲成一團的狐狸。」

但我看不出來，於是我們繼續前進。我們才走幾公尺就吹來一陣風，吹動了那塊石塊的毛皮。

我朋友說：「我很確定那是一隻狐狸，牠躺在那裡睡覺。」

「馬上就會知道了。」我回答後便轉過身，但我才從小路上往外跨一步，疤臉就跳了起來、跑走了。那塊石頭的確就是疤臉。牧場中央有一條火燒過留下來的焦黑路徑，十分寬大，牠沿著這條路匆匆跑到了沒被燒過的黃色草叢裡，低下身子，消失在我們的視野中。牠一直都在觀察我們，要是我們繼續沿著那條小路走，牠一定動都不會動一下。這件事最美妙的地方並不在於牠和圓石頭與乾草有多相似，而是在於牠知道自己和這些東西有多像，而且能夠善用這一點。

我們很快就發現，正是疤臉和牠的妻子薇克辛把我們的樹林當作牠們家，也把我們的穀倉院子當作補充食物的基地。

隔天早上，我在松樹林中搜索了一番，找到了一個大土堆，是幾個月前才剛被挖起來的。這一定是挖洞留下的土，然而我沒有在附近找到洞。很多人都知道，在挖新巢穴時，真正聰明的狐狸會把挖巢穴的土壤堆在第一條通道中，接下來，牠會再挖一條通道，通往比較遠的灌木叢。接著，牠會堵住第一條通道的顯眼入口，只使用通往灌木叢的通道。

因此，我繞到小土丘的另一邊，很快就找到了真正的入口，也找到了證據，能證明的確有小狐狸住在這裡。

在這片山丘上的眾多灌木叢中，有一株中空的巨大椴木巍然屹立。它的樹幹傾斜得很嚴重，底部有一個大洞，上方有一個比較小的洞。

我小時候常和玩伴用這棵樹扮演《海角一樂園》[1]裡的角色，我們在鬆軟的樹幹上砍出階梯，好方便在進出樹洞時爬上爬下。現在這些階梯正好可以派上用場，隔天，趁著太陽還暖和的時候，我爬到上面、坐在樹頂往下看，很快就看見了住在地下室的有趣一家人。狐狸一家總共有四隻小狐狸，有趣的是，牠們看起來就像小羔羊一樣，有毛茸茸的外衣、又長又粗的腿和無辜的表情，然而再仔細一看，你就會從牠們臉上又大又尖的鼻子和銳利的眼睛看出來，牠們純真的外表終將轉變成狡詐的老狐狸。

牠們四處玩耍、晒太陽或彼此扭打，直到一個細小的聲音傳來，又全都迅速跑回地底下。但牠們其實無須緊張，因為發出聲音的是牠們的媽媽。牠從樹叢裡走出來，帶來了另一隻母雞——若我沒記錯，這是第十七隻了。牠發出低聲呼喚，小狐狸立刻手忙腳亂的擠了出來。接下來這一幕對我來說十分迷人，但對我叔叔來說大概一點樂趣也沒有。

牠們衝向母雞，和牠扭打在一起，彼此也扭打在一起，而牠們的媽媽則一邊留意敵人，一邊溺愛又愉悅的看著牠們。牠臉上的神情令我感到不可思議。起初我覺得那看起來是愉快的微笑，不過牠平常野蠻又狡猾的神色依然沒有消失，殘酷與緊張的表情也還在，但若從整體上來

1 瑞士小説家江恩．威斯（Johann Wyss）的作品，描述一家人在乘船時遇到暴風，被吹到了無人島上，因此在島上過著自給自足的生活。

▲薇克辛溺愛又愉快的看著小狐狸。

看，這絕對是媽媽充滿驕傲與愛的表情。
我所在的這棵樹的樹根藏在眾多灌木叢之中，遠比巢穴所在的小土丘還要低得多，所以我可以在不驚嚇到狐狸的狀況下自由來去。
接下來許多天，我都會去觀察小狐狸受訓練。牠們很早就學會了在聽到聲音時要變成一座雕像，若接下來又聽到聲音或發現了讓牠們害怕的事物，就要迅速躲起來。
有些動物心中的母愛太多，會滿溢出來，讓其他生物受惠。但薇克辛不是這樣的母親。牠寵愛小狐狸的方式是以殘酷的舉止對待其他動物。牠常帶活生生的老鼠和鳥回來，並以魔鬼般的溫柔來避免嚴重傷害到獵物，如此一來，小狐狸才有機會折磨獵物。
在山丘上的果園中住著一隻土撥鼠。牠的外貌不算好看，行為也不有趣，但牠知道該如何照顧自己。牠在一株老松樹樹墩下的樹根之間挖了一個洞，這麼一來，當牠躲進洞裡之後，狐狸就不能再把洞挖大、進去抓牠。但狐狸的生活方式並不強調努力，牠們認為小聰明比胼手胝足更重要。這隻土撥鼠每天早上都會在樹墩上晒太陽。只要看到狐狸靠

近，牠就會跳下去躲在巢穴的洞口，如果敵人距離很近，牠就會跑進巢穴裡面，耐心等待危險過去。

一天早上，薇克辛和牠的伴侶似乎決定要讓孩子們學習「土撥鼠」這個涵蓋甚廣的課題，而果園裡這隻土撥鼠顯然是很好的教材。因此，牠們一起爬到樹墩上，來到土撥鼠老查奇看不到的果園籬笆旁。接著，疤臉出現在果園裡，安靜的直線前進，一直和樹墩保持一定的距離，但一次也沒有轉頭，也沒有讓敏銳的土撥鼠發覺自己被看見了。狐狸走進果園中時，土撥鼠輕手輕腳的往下跳到巢穴的入口：牠原本打算站在那裡等著狐狸經過，但後來還是覺得自己應該放聰明一點，便躲進了洞裡。

兩隻狐狸正希望牠這麼做。剛剛薇克辛一直躲在土撥鼠的視線之外，牠趁著這個時候敏捷的跑到了樹墩後方、躲在那裡。疤臉則繼續緩慢的直線前進。土撥鼠沒有受到什麼驚嚇，所以沒多久後，牠的頭就從樹根之間冒了出來、環顧四周。那隻狐狸還在繼續往前走，愈來愈遠、愈來愈遠了。隨著狐狸遠離，土撥鼠的膽子就變大了，牠往外探了探，發現附近沒有敵人，便四肢並用的爬到樹墩上，這時薇克辛縱身一跳就咬住了牠，然後左右甩動，直到土撥鼠不再動彈。疤臉一直用眼角餘光注意這裡，一看到這一幕，牠馬上跑了回來。但薇克辛已經咬著土撥鼠往巢穴走了，因此牠知道自己無須趕過來。

薇克辛在回巢的路上小心翼翼的叼著土撥鼠，回到巢穴時，土撥鼠開始小力掙扎。薇克辛對著巢穴呼喚了一聲，小傢伙全都像放學時的學生一樣衝出來玩耍。牠把受了傷的動物扔給牠們，小狐狸立刻像四團小毛球一樣撲了上去，一邊發出細小的低吼，一邊費盡全身的力量，小口的啃咬土撥鼠。

土撥鼠必須為自己的性命而戰，牠一邊驅趕這群小狐狸，一邊步伐蹣跚的慢慢往旁邊的樹叢撤退。小狐狸則像一群獵犬般追在牠身後，咬住牠的尾巴和側腹並往回拖，但卻無法把牠拉回來。因此，薇克辛往土撥鼠的方向跳了兩步，把牠拖回空地上，讓孩子們繼續煩惱該怎麼辦。

這場原始狩獵重複了一次又一次，直到有一隻小狐狸被狠狠咬傷了，牠痛苦的尖叫使薇克辛憤怒的終結了土撥鼠悲慘的命運，也讓孩子們可以享用大餐。

離巢穴不遠處有一個長滿雜草的低窪地，那是一群田鼠的遊樂場。在小狐狸能夠離巢之後，狐狸媽媽首先帶著牠們到這裡來學習第一堂森林知識。田鼠是所有獵物中最好獵捕的一種，小狐狸在這裡第一次學到了田鼠的相關知識。狐狸教導後代的主要方式是示範給牠們看，同時以小狐狸們的本能作為輔助。老狐狸也常會使用不同的姿勢要小狐狸「安靜趴在那裡觀察」或「過來，模仿我的動作」等等。

在一個無風的傍晚，愉快的狐狸一家來到了田鼠活動的低窪地，狐狸媽媽要孩子們趴在草地中別動。牠們立刻就聽到了微弱的吱叫聲，這代表有獵物在活動。薇克辛站起身，躡手躡腳的走進草叢裡——牠並沒有蹲伏著身子，反而盡可能的站得很高，有時候還會用後腳站直身體，以便能看得更清楚。老鼠的路線全都藏在密密叢叢的青草之下，只有透過觀察雜草的震動，狐狸才能知道老鼠在哪裡，這就是為什麼牠們要選

▲薇克辛示範如何捉老鼠。

在無風的日子獵老鼠。

這場狩獵的訣竅在於找到老鼠的位置，在看見牠之前就先抓住牠。薇克辛很快就跳了起來，在枯草堆中抓住了一隻老鼠，讓牠發出這輩子最後一聲尖叫。

狐狸很快就把老鼠狼吞虎嚥的吃掉了，接著四隻笨拙的小狐狸試著模仿媽媽的舉動，最後，最年長的狐狸終於抓到了這輩子第一隻獵物，牠興奮的直顫抖，一口奶白色的牙齒直直落到老鼠身上，表現出了天生的野蠻衝動，想必連牠自己也因為這種衝動而嚇了一跳。

小狐狸還上了另一堂紅松鼠的課程。牠們家附近住了一隻聒噪又粗俗的紅松鼠，每天都會浪費許多時間從安全的樹枝上痛罵這些狐狸。當牠從這棵樹上跳到另一棵樹上，越過小狐狸活動的林間空地，又或者當牠位在小狐狸抓取範圍的三十公分之外，大聲唾棄或斥責牠們時，小狐狸總是會徒勞無功的想要抓住牠。但老薇克辛熟知自然歷史——牠很清楚松鼠的天性，在適當的時機到來時，好好利用了這些知識。牠先把孩子藏好，接著在那片開闊的林間空地中央平躺下來。下流粗俗的松鼠一如往常的跑過來大罵一番，但牠依然紋絲不動。松鼠靠得愈來愈近，最後跑到了狐狸正上方，吱吱叫：「你是隻畜生，你是隻畜生。」

但薇克辛依然宛如屍體般躺在那裡。這件事真是太奇怪了，所以松鼠爬下樹幹想要觀察清楚。牠緊張的用飛快的速度穿越草地，跑到另一棵樹上，再次待在安全距離開始責罵。

「你是隻畜生，你是隻沒用的畜生，吱嘎嘎——吱嘎嘎嘎。」

但草地上的薇克辛依然毫無生氣的平躺著。松鼠興奮極了，牠天生充滿好奇心，又喜歡冒險，因此牠再次來到地面，選擇了更靠近狐狸的路徑，急匆匆的穿越草地。薇克辛依然像屍體般一動也不動。「牠一定是死了。」小狐狸開始擔心牠們

「於是其他小狐狸把骨頭撿走了，哎—呦。」

的媽媽是不是睡著了。

松鼠與生俱來的好奇心使牠漸漸做出魯莽的舉動。牠丟了一塊樹皮到薇克辛頭上，也用牠語言清單中的所有壞話罵了薇克辛兩遍，但躺在地上的狐狸沒有表現出任何生命跡象。所以在繼續穿越草地、衝刺了兩、三次後，松鼠冒險把牠和狐狸的距離縮短到寥寥數公分，而就在這個時候，其實一直都保持警覺的薇克辛跳了起來，頃刻間就咬住了松鼠。

「於是其他小狐狸把骨頭撿走了，哎——呦。」

牠們就這麼從各種教育中學到許多原理。長得更強壯後，牠們便被帶到距離巢穴更遠的原野，學習追蹤足跡與氣味等更進階的技巧。

牠們學會針對不同獵物使用不同的狩獵方法，因為每種動物自有牠強大的力量，否則是不可能生存下來的，同時每種動物也都各自有最大的弱點，否則其他動物就不可能生存下來。松鼠的弱點是愚蠢的好奇心，狐狸的弱點是不能爬樹。最終，小狐狸接受的訓練會讓牠們學會如何利用其他生物的弱點，同時藉由自己的長處及優點來彌補缺點。

小狐狸從父母身上學會了狐狸世界的重要格言。我們很難說清楚牠們是怎麼學會的。但牠們無疑是在父母的陪同下學會這些格言的。

以下是狐狸在一個字也沒說的前提下，教會我的一些格言：

- 永遠不要睡在你的足跡所指的方向。
- 你的鼻子長得比眼睛更前面，那麼你應該先相信鼻子。
- 笨蛋才會順風往前跑。
- 流動的溪水能治癒許多不適。
- 如果能走在有遮蔽物的地方，就絕對別走在開闊的道路上。

· 如果能留下彎曲的足跡，就永遠別走直線。
· 奇怪的東西總是帶有敵意。
· 塵土和水能掩蓋氣味。
· 永遠不要在兔子生活的叢林裡獵老鼠，永遠不要在母雞場裡獵兔子。
· 遠離草地。

小狐狸已經大略明白這些格言背後的意義了，因此，牠們知道「永遠不要跟蹤你聞不到的生物」是充滿智慧的一句話，因為如果你聞不到對方，就代表風的方向會讓對方聞到你。

牠們一個接著一個認識了住在這座樹林中的飛禽走獸，在牠們大得足以跟著父母離開樹林後，又認識更多動物並學會更多相關知識。牠們開始覺得自己知道所有會移動的生物的氣味了。但有一天晚上，媽媽帶著牠們到田野中，地上有一個奇怪的扁平狀黑色物體。牠刻意把小狐狸帶過去聞那個東西，牠們一嗅到那種氣味，全身上下的毛就豎了起來，開始不停顫抖，但牠們不知道原因。這種氣味使牠們的血液感到一陣刺癢，腦海裡直覺的充滿了憎恨與恐懼。

在確認了這個東西對小狐狸帶來影響後，薇克辛告訴牠們：

「那是人類的氣味。」

3 狡猾的疤臉與愚蠢的獵犬

與此同時，母雞還在持續消失。我沒有背叛這一窩小狐狸。沒錯，相較於母雞，我反而比較偏愛這一窩惡棍。但我叔叔則氣急敗壞，他鄙視的批評了我對森林的認識。為了討他開心，某天，我帶著獵犬穿越樹林，到了一座開闊山丘的側邊，坐在一個樹墩上，命令狗繼續前進。不到三分鐘，牠就用所有獵人都熟知的語言說：「狐狸！狐狸！狐狸！往山谷下直走。」

過了一陣子，我聽見牠們回來的聲音。我看到老狐狸疤臉輕快的橫越通往小溪的河床。牠走進小溪裡，快步在淺灘的水中走了大約兩百公尺，接著直直朝我走來。雖然牠四處張望了一遍，但卻沒有看到我，牠一面爬上山丘，一面回頭確認有沒有獵犬。在距離我不到三公尺的位置，牠轉過身、背對我坐下來、伸長脖子，對獵犬的行動表現出濃厚的興趣。騎兵沿著狐狸的痕跡一路吠叫，直到到了流動的溪水邊，才疑惑的停下腳步。溪水是氣味的殺手，這種時候獵犬只有一個選擇，牠必須沿著兩邊的河岸不斷徘徊，尋找狐狸是從哪個地點離開小溪的。

坐在我面前的狐狸微微調整姿勢，以便能更清楚的看到那隻不斷來回繞圈的獵犬，牠表現出了一種近似於人類的興致盎然。牠距離我很近，近到在牠看到狗出現的那一刻，我發現牠肩膀上的毛豎了起來。我能從牠的肋骨側面看見牠的心臟在跳動，也能看見牠黃眼睛裡閃爍的光芒。當牠看見渡河的把戲難倒了那隻狗時，牠再也無法靜靜的坐在原地，而是開心的前後跳動，用後腿站直起來，想要更清楚的看見那隻正緩慢移動的狗。牠的

嘴角幾乎快咧到耳根了，雖然牠一點也不喘，但有片刻的時間，牠發出了喘氣的聲音，又或者該說那是牠開心的笑聲，就像狗會用咧開嘴巴和喘氣來表達笑意。

老疤臉愉快得忍不住扭動身體，凝視著為了追蹤氣味而疑惑許久的獵犬，久到牠終於找到狐狸的蹤跡時，氣味已經太陳舊了，牠幾乎無法追蹤，因而覺得自己不該繼續大聲吠叫。

在獵犬開始往山丘上走時，狐狸便靜悄悄的走進樹林裡。我一直坐在離牠不到三公尺的位置，牠只要抬頭就能看到我，但我占據了下風的位置，一動也沒有動，所以狐狸壓根沒有發現，在剛剛那二十分鐘裡，牠的生命被掌控在牠最恐懼的敵人手中。

騎兵差點和狐狸一樣，在極近的距離和我擦身而過，但我嗅了牠一聲，牠緊張的嚇了一跳，然後放棄追蹤狐狸，用侷促不安的表情趴到我腳邊。

我又花了好幾天的時間重複這場小鬧劇，但從小溪對岸的房子可以清楚看到這裡的景象。我叔叔對於每天失去母雞感到非常不耐煩，於是決定親自出馬。他坐在一個空曠的土丘上，在老疤臉小跑著尋找地點好觀賞下方河水中的蠢獵犬，並為再一次的勝利而露出微笑時，我叔叔冷酷無情的一槍射中了牠的背。

4 樹林間的悲劇

然而，母雞還是不斷消失。我叔叔怒火中燒，決定要親自打這場仗。他在樹林裡放滿下了毒的誘餌，相信我們的狗足夠幸運，不會中毒。他很喜歡輕蔑的批評我前陣子表現出的森林狩獵知識，並且每天晚上都帶著一把槍和兩隻狗出門，希望能找到他能摧毀的東西。

薇克辛很清楚毒餌是什麼東西，牠有時會無視的經過，有時會鄙視毒餌，牠還把一個毒餌丟進牠的老敵人——臭鼬的窩裡，從此之後再也沒有人見過那隻臭鼬。過去疤臉總是隨時準備好要把狗群引誘到別的地方，讓牠們無法危害小狐狸。但如今薇克辛必須獨自撫養一整窩的孩子，不再有時間破壞所有通向巢穴的蹤跡，也無法每一次都即時找到靠近的敵人並引開他們。

結局顯而易見。騎兵沿著剛留下的足跡來到巢穴，獵狐梗斑斑則大聲宣布狐狸一家就在裡面，接著盡責的衝進洞穴裡追捕狐狸。

如今牠們揭發了這個天大的祕密，這一窩狐狸全都步入了死局。我叔叔僱用一位工人，拿著鋤頭和鏟子開始挖洞，我們和狗則站在一旁。

很快的，老薇克辛就在旁邊的樹林間現身了，牠把狗引誘到下方的河邊，在牠覺得適當的時機，靠著跳上羊背這種簡單的策略甩掉牠們。受到驚嚇的羊跑了幾百公尺遠，薇克辛知道自己創造了無法彌補的氣味缺口，已經成功擺脫了那兩隻狗，便回過身往巢穴跑。但是，雖然我們的狗因為中斷的蹤跡而找不到方向，但牠們也像狐狸一樣，很快就回到了狐狸的巢穴。牠們再次發現薇克辛絕望的在附近徘徊，徒勞無功的想引誘我們遠離牠的寶貝們。

在這段時間裡，工人派迪一直拿著鋤頭和鏟子，用極高的效率挖掘著。他把充滿碎石的黃色土壤堆在洞穴兩側，土堆堆得比他結實的肩膀還要高。獵犬在樹林間追逐老狐狸的發狂叫聲使派迪挖得更賣力，在挖了一個小時之後，他叫道：「蠢貨，牠們在這裡！」

他挖到了通道末端的巢穴，四隻毛茸茸的小狐狸全都盡可能的縮到了最裡面的角落。

在我還來不及阻止之前，謀殺的鏟子就這麼落下了，再加上獵狐梗的一次撲擊，三隻小狐狸的性命就此終結。第四隻小狐狸是體型最小的，牠被人類抓住尾巴，高高舉起，躲過了那兩隻狗興奮的攻擊。

牠發出了短促的尖叫，使得牠可憐的媽媽咆哮著衝了過來，牠靠得很近，若不是我們的狗每次都意外擋在牠和人類之間，牠早就被一槍打死了。接著，牠再次引誘兩隻狗和牠開始了一場毫無用處的追逐。

保住性命的小狐狸被丟進了一個袋子裡，牠動也不動的安靜躺著。牠不幸的哥哥們被丟回原本的搖籃中，用寥寥數鏟土壤埋了起來。

我們這些罪人回到家裡後，小狐狸立刻就被鍊在庭院。沒有人知道我們為什麼要讓牠活下來，但總而言之，我們的情緒有了轉變，沒有人想要殺掉牠。

牠是隻漂亮的小狐狸，看起來介於狐狸和小羊之間。牠毛茸茸的臉和身體與羔羊異常的相似，看起來天真無辜，但從牠的黃色雙眼中，你能找到一絲狡詐殘忍的光芒，一點也不像小羊。

只要有任何人靠近，牠就會氣憤的躲進牠的小屋子裡，所以我們完全不理會牠，過了一個小時牠才大膽的往外看。

我房間的窗戶如今取代了之前我躲藏、

小狐狸躲回牠的小屋子裡。

偷看狐狸一家的那株中空的椴樹。小狐狸很熟悉我們養的那個品種的母雞，這時有好幾隻母雞都在牠被鍊起來的庭院裡走動。那天傍晚，母雞漫步靠近這隻小俘虜時，鐵鍊突然發出了好大的聲響，小狐狸衝向最近的一隻雞，若不是被鐵鍊猛然向後一扯，牠大概已經捉住那隻雞了。牠再次站起身，溜回自己的箱子裡，雖然之後牠又衝刺了許多遍，但每次牠都會調整跳躍的距離，因此無論是否成功起跳，牠都沒有再被殘酷的鐵鍊往後拖住。

夜晚降臨後，小狐狸變得非常焦躁，牠偷偷溜出盒子，但只要有一點風吹草動就又躲回去。牠不斷扯動鐵鍊，偶爾還會用前腳踩住鍊子、猛力啃咬。突然之間，牠停住所有動作，好像在傾聽，接著牠抬起小小的黑鼻子，發出顫抖的短促嚎叫。牠重複了一、兩次這樣的動作，期間一直扯著鍊子和繞圈奔跑。接著響起了一道回應的聲音。那是老狐狸在遠處發出的叫聲。幾分鐘後，一道陰影出現在木柴堆上。小狐狸躲回了箱子裡，但又立刻冒了出來，並用狐狸所能表現出最歡快的動作跑去迎接媽媽。薇克辛快如閃電的叼住牠，轉身就往回跑，想帶走牠。但在鐵

鍊延伸到最長的瞬間，小狐狸從老狐狸的嘴中被猛然扯落，往後一跌。這時薇克辛被打開窗戶的聲音嚇了一跳，立刻飛竄到木柴堆後面。

一個小時過後，小狐狸不再到處跑，也不再嚎叫了。我偷偷往外看，月亮的光芒讓我看見狐狸媽媽就站在小狐狸身邊，正在啃咬著什麼東西——金屬的鏗鏘聲讓我知道，牠在咬的是那條殘酷的鐵鍊。而小狐狸提普正自顧自的喝著溫熱的奶水。

我一往外走，薇克辛就飛奔回漆黑的樹林裡，但小狐狸的盒子外有兩隻血淋淋的、還殘有餘溫的小老鼠，這是小狐狸親愛的媽媽帶給孩子的食物。到了早上，我發現距離小狐狸項圈大約一公尺處的鐵鍊變得十分晶亮。

我穿越樹林，走回被毀壞的巢穴前，再次找到薇克辛的蹤跡。這隻心碎又可憐的母親回來過，牠把孩子們髒兮兮的屍體挖了出來。

地上擺放著三隻幼年小狐狸的屍體，牠們的毛如今被舔得十分滑順，旁邊放著兩隻剛殺的母雞。昨天才剛被掘起來的土上滿是痕跡，洩漏了各種祕密——我能從中看出牠就像利斯巴[1]一樣站在死去的孩子身邊、看著牠們。牠帶了牠們常吃的食物來，這是牠夜間狩獵得來的戰利品。牠在牠們身邊趴下來，徒勞無功的想提供奶水給牠們喝，渴望能像從前一樣餵飽牠們、溫暖牠們，但牠們柔軟絨毛底下的小小身體依舊僵硬，冰冷的小鼻子動也不動，毫無反應。

地上有手肘、胸部和關節的深深印痕，我能看出牠在寧靜的悲傷中趴了下來，花了很長一段時間凝視牠們，並用野生動物母親哀悼的方式哀悼自己的孩子。

---

1 聖經人物。她的兩位兒子被處死後，仍夜以繼日的看守、保護著屍體，最終她的母愛感動了眾人，兒子才得以安葬。

▲薇克辛在寧靜的悲傷中趴了下來。

但在那之後，牠就再也沒有回到這個被毀壞的巢穴了，因為牠清楚知道孩子們已經死了。如今牠將把所有的愛全都轉移給子代中最虛弱的孩子——被擄走的提普。

我叔叔把狗放出來保護母雞，又命令工人在看到老狐狸時，要馬上開槍。他也如此命令我，因此我下定決心永遠不要再看到牠。叔叔在狐狸最愛但狗卻毫無興趣的雞頭上投毒，在樹林裡到處放置這些毒餌。若薇克辛想前往綁著提普的庭院，牠唯一的一條路就是冒著所有風險爬上木柴堆。

但老薇克辛依然每晚堅持不懈的到庭院來餵養牠的小狐狸，並帶來剛殺死的母雞和獵物。我一次又一次看見牠，不過現在牠總是在我們的小俘虜發出抱怨的叫聲之前就出現。

抓住小狐狸的第二晚，我聽見鐵鍊的敲擊聲。我猜老狐狸來了，牠正在小狐狸的小屋旁挖洞。牠把洞挖到能夠把自己半埋進去之後，便把所有鐵鍊咬進洞裡，再次用土把洞填滿。牠得意洋洋的覺得自己擺脫了鎖鍊，接著咬住了小提普的脖子、轉身衝向木柴堆，但是，唉呀！小提

普再次脫離了牠的嘴，往後狠狠一摔。

可憐的小狐狸傷心的嗚咽著爬回了箱子裡。又過了半個小時，兩隻狗開始大聲狂吠，牠們直直朝著遠處的森林跑去，我知道牠們是在追薇克辛。牠們往北方的鐵軌跑，我漸漸聽不見牠們的吠叫聲。隔天早上，獵犬沒有回來。我們很快就知道原因了。狐狸從很久以前就弄清楚鐵路是什麼東西了，牠們很快就發明了許多方法來利用鐵路。其中一種方法是在被獵捕時，沿著鐵路前進很長一段距離，直到火車開過來。留在鐵上的氣味總是很不明顯，火車經過時會摧毀這些氣味，而且火車有很大的機會撞死獵犬。牠們還有另一種成功率較高，但比較難以執行的方法，就是引誘獵犬跑上火車即將經過的高架軌道，這麼一來，火車必定會在這裡撞上獵犬，而獵犬也必死無疑。

薇克辛巧妙的執行了第二個方法，我們找到老騎兵支離破碎的屍體，明白了這是薇克辛的復仇。

同一晚，在筋疲力竭的斑斑還沒回到家之前，薇克辛就率先帶了另一隻母雞給提普，接著氣喘吁吁的躺在提普身邊，讓牠能緩解口渴。因為薇克辛似乎認為除了牠帶來的食物之外，提普沒有東西可以吃。

正是那隻雞讓我叔叔發現薇克辛曾在晚上來訪。

我對薇克辛深感同情，並不打算參與其他謀殺案件。隔天晚上，我叔叔拿著槍親自守夜，在外面等了一個小時。接著天氣轉冷，月亮被雲給遮住了，而他則想起了還有其他重要的事情要做，便叫工人派迪過來接手他的位置。

但守夜的寂靜與焦慮感使得派迪躁動不安。一個小時後傳來「砰！砰！」的巨響讓我們知道他發射了武器。

到了早上，我們發現薇克辛沒有讓牠的孩子失望。那一晚，叔叔為了防止母雞被抓走而再次親自守夜。入夜後沒多久，我聽到一聲槍響，但薇克辛丟下了牠帶來的獵物，逃跑了。牠再次嘗試時，又引發了第二聲槍響。然而隔天我們再次從晶亮的鐵鍊看出，牠昨晚還是來了，還花了好幾個小時徒勞無功的想咬斷這條可恨的鍊子。

如此勇敢的氣魄與堅定的忠貞為薇克辛贏來了容忍，甚或贏來尊重。無論如何，隔天晚上沒有任何持槍的人類在等著牠了，然而，這天晚上外頭卻靜悄悄的。我們的威嚇終於起作用了嗎？被槍聲嚇跑三次之後，牠是否會再次嘗試再來這裡餵食或釋放牠被擄走的孩子呢？會嗎？牠的愛是一種母親的愛。這一晚，也就是第四個晚上，只有一個人看見了牠們。在小狐狸發出了顫抖的呻吟後，一道陰影跳上了木柴堆。

但就我視線所及，牠沒有帶來禽鳥或食物。難道敏捷的獵人終於失手了嗎？難道牠沒有為牠必須供養的唯一後代獵到食物？又或者牠學會相信這些擄走小狐狸的人會提供食物？

不，牠的想法遠勝於此。這隻活在森林裡的母親心中充滿了真實的愛與恨。牠唯一的想法就是放提普自由。牠試過了所有想得到的方法，牠冒著所有危險照顧牠、幫助牠重獲自由。但所有方法都失敗了。

牠出現時就像一道陰影，一瞬間就離開了，提普一口咬住了某個掉下來的東西，欣喜的啃咬著媽媽帶來的食物，吃了起來。但就在牠進食的過程中，牠感受到了一陣如刀割般的痛楚，忍無可忍的發出了痛苦的尖叫。這隻小狐狸掙扎了片刻，最後斷氣了。

薇克辛心中的母愛很強烈，但牠腦中的高尚想法比母愛更強大。牠很清楚毒藥是什麼，也很清楚毒餌是什麼，若有機會，牠也會教導小狐狸若想要活命，就要避開毒餌。但到了最後，牠必須替孩子做出選擇：要讓提普當一輩子悲慘的囚犯，還是立刻死亡。牠澆熄了心中的母愛之火，選擇用唯一剩下的方法讓牠的孩子自由。

直到雪落到地上，我們才開始調查樹林。冬天來臨時，我發現薇克辛再也沒有出沒在艾林戴爾了。我不知道牠去了哪裡，只知道牠離開

了。

或許牠放棄此地，為了把牠的孩子與伴侶被謀殺的悲傷回憶拋諸腦後而去了某個遙遠的地區；又或者牠放棄了自己悲傷的生命，如同許多野生叢林中的母親，利用牠當時讓最後一隻子代、最後一隻小狐狸自由的方式，離開了這個世界。

適讀年齡 9～15歲

☑ 環境教育
☑ 認識生物多樣性
☑ 培養理解、思辨技能

小樹文化
Little Trees

豐富海洋知識

環境保育概念

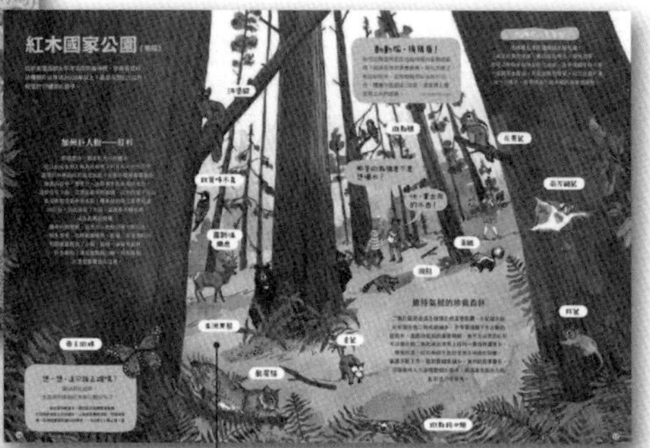

海洋生物、陸生動物介紹

推薦

O2 Lab 海漂實驗室、社團法人台灣動物平權促進會、海洋公民基金會、財團法人綠色和平基金會、關懷生命協會、王怡鳳、王淑芬、呂健宏、李貞慧、李偉文、李裕光、林冠廷、邵廣昭、徐明佑、張美蘭（小熊媽）、陳昭倫、陳啟祥、陳麗淑、彭菊仙、馮加伶、黃美秀、黃筱茵、楊瑋誠、裘家騏、趙介亭、盧方方、蘇秀慧

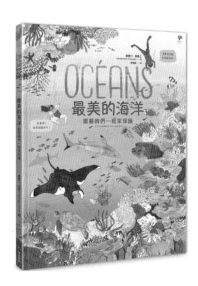

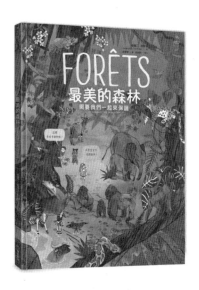

「動物文學之父」西頓不朽經典

狼王羅伯

【完整收錄1898年初版手繪插圖90張】

作　　者：厄尼斯特．湯普森．西頓（Ernest Thompson Seton）
譯　　者：聞翊均
總 編 輯：張瑩瑩｜主　編：謝怡文｜責任編輯：林曉君｜校　對：林昌榮
封面設計：周家瑤｜內文排版：洪素貞｜出　版：小樹文化

讀書共和國出版集團
社　　長：郭重興｜發行人兼出版總監：曾大福｜業務平臺總經理：李雪麗
業務平臺副總經理：李復民｜實體通路協理：林詩富｜網路暨海外通路協理：張鑫峰
特販通路協理：陳綺瑩｜印務經理：黃禮賢｜印務主任：李孟儒
發　　行：遠足文化事業股份有限公司
地址：231新北市新店區民權路108-2號9樓
電話：(02) 2218-1417 傳真：(02) 8667-1065
客服專線：0800-221029
電子信箱：service@bookrep.com.tw
郵撥帳號：19504465遠足文化事業股份有限公司
團體訂購另有優惠，請洽業務部：(02) 2218-1417分機1124、1135

法律顧問：華洋法律事務所 蘇文生律師
出版日期：2020年12月30日初版

國家圖書館出版品預行編目資料

狼王羅伯：「動物文學之父」西頓不朽經典 / 厄尼斯特．湯普森．西頓(Ernest Thompson Seton)著；聞翊均譯.--初版.--新北市：小樹文化出版：遠足文化發行, 2020.12
面;公分
譯自 : Lobo,The King of Currumpaw.

ISBN 978-957-0487-41-1(平裝)

874.596　　109015924

First Published in 1898 in English under the title *Wild Animals I Have Known*

小樹文化
官網

小樹文化
讀者回函